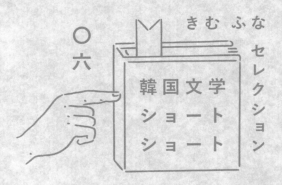

きむふなセレクション

〇六

韓国文学ショートショート

宣陵散策

チョン・ヨンジュン 著
藤田麗子 訳

1

銀色のセダンが、待ち合わせ場所である宣陵（ソルルン）駅近くのカフェに到着したのは午前九時だった。九時に会うことになっていたから、一分の狂いもなく定刻通りだ。正確だな。それが彼らに会うことになっていた僕の第一印象だった。同時に、なんだか厳格で甘えや妥協など許されない一日になりそうな予感がした。白いブラウスに藍色のスカートをはいた中年の女が、棒のように細長い男の腕をつかんで後部座席から降りてくる。不安定な姿勢で立ち、十一時の方向に視線を定めた男は僕より二十センチほど背が高く、体重は六十キロもなさそうだ。十九歳だと聞いていたが、顔を見ただけでは年齢の見当がつかない。あどけない表情は、身体だけ異常に急成長した子供みたいだったけれど、焼けた腕に程よくついた筋肉や鳥のくちばしみたいにぷくりと飛び出た喉仏、こけた頬と目尻のシワを見ると、やはり僕と同年代だと思えた。女は履歴書をじっくり読み、

何度か軽くうなずいた。それから上品な手つきで四つ折りにしてハンドバッグに入れ、こう言った。

お伝えした通り、六時まで預かっていただければと思います。くれぐれもお願いしておきたいのですが、怪我をしないように気をつけてやってください。ときどき自傷行為をする子なんです。

彼女は男の後頭部を撫でた。あれが例のヘッドギアか。実際に目の当たりにすると、戸惑わざるを得ないビジュアルだった。ヘッドギアをかぶった男と真夏のソウルのど真ん中を一日中歩き回るという光景はなかなか想像しづらい。

それから、食事とおやつはこれで。

女は、僕の手のひらにデビットカードを乗せた。そのとき、男が床に唾を吐いた。静かに吐いたのではなく、わざと音を立てたとしか思えないペッという音が聞こえた。女と僕の間に沈黙が流れた。彼女は動じることなく、右の肩にかけていたハンドバッグを左側にかけなおしながら言った。

ウジンさんからお聞きになっていらっしゃいますよね？ この子、唾を吐くんです。特に意味はなくて、単なる癖みたいなものです。

〇〇四

女はさらに何か言おうとしたが、手首をひねって時間を確認した。眉間に細長いシワが一筋入った。忙しそうだ。彼女はよろしくという短い挨拶をすると、男の背中を二回叩き、車に乗った。

2

女は去り、男と僕だけが残った。人がいない場所に行け。先輩の言葉がよみがえった。どこかに行かなければ。しかし、こいつをどうやって連れていけばいいのか？
彼は僕に目もくれず、五歩ぐらい後ろに立って体をくねらせていた。つま先で床を叩きながら頭を動かしていたのだが、その動きに一定のパターンがあるようには見えなかった。切れ長の一重の目。口は小さく、上唇がややめくれ上がっている。首までボタンをとめたグリーン系のチェック柄半袖シャツとベージュの七分丈パンツ。ネイビーブルーのスニーカー。くるぶし丈のショートソックスに至るまで、非の打ちどころがない小綺麗なファッションだ。手厚く面倒を見てもらっていることが一目でわかる。でも、頭にかぶったヘッドギアと重たそうな紫色のリュックはどう見ても奇妙

だった。

　時刻は九時十五分。残り時間は八時間四十五分。道行く人々の誰もが手をかざしてまぶしい日差しをよけながら、僕たちを見つめる。視線に込められた好奇心といぶかしさ、どういう状況なのか把握しようとじろじろ見てくる彼らの関心が鬱陶しい。とりあえず歩こう。先に歩き出せば彼がついてくると期待したわけではないが、それでも前を歩いてみた。彼はぴくりともしなかった。僕は途方に暮れて立ち止まり、ウジン先輩にもらったメモを取り出して広げた。

　ハン・ドゥウン。

　人がいない場所に行くこと。
　公園や静かな路地、小さな遊び場などでも可。
　その辺りは午後になるとどこも人が少ない。

トイレは一人でできるが、食事のときは介助が必要。
食い意地が張っている。

ときどき大声を出したり、道端に寝転がったりする。
そうなったら、なだめたり話しかけたりしないで、力で立ち上がらせるべし。
叱って、おとなしくさせるのも良い方法。

よく唾を吐く。他人には絶対に許してもらえない。

(このせいで何度もケンカしそうになった。)

ずっと話しかけていれば仲良くなれる。

(話しかけるといっても、ひとりごとみたいになるはず。)

仲良くなろう。話しかけなきゃ。ドゥウンさん、行きたいところはないですか? きまりが悪かったが、続けて話しかけた。返事はない。僕のほうを見もしない。

をしない相手に質問を続けるのも変なので、そのうち自分が聞いたことに自分で答えるようになった。めちゃくちゃ暑いですね。ごはん食べました？　僕はまだなんです。あとは思いつくまま何でも話した。平日は何をしてるんですか？　あ、特殊学校に通ってるんでしたよね。ウジン先輩とは何をしてたんですか？　親切でした？　でもちょっと変わってますよねぇ。優しいけど、ちょっとおせっかいでしょ。若干の変化が表れた。彼が体を僕のほうに向けて耳を傾けている。じゃあ、僕はあっちに行きますね。早足で歩いた。彼は困り果てたようにまごまごしていたが、ついに歩き始めた。

　大きな建物がない方向へ、道幅が狭まっていくほうに向かって、僕らは歩いた。しだいに人通りが少なくなり、車も見かけなくなった。民家の多いほうに行くほど静かになった。僕たちは塀沿いに身を寄せて日陰を歩いた。ドゥウンは三歩ぐらい後ろをちょこちょこ歩きながら、何かに目を奪われているようだったが、いったい何を見ているのやら見当もつかなかった。僕が急に立ち止まると、ドゥウンは足がもつれて速度が落ちたコマのように左右に揺れる。それがおもしろくて何度か繰り返したが、そ

〇〇八

のたびに彼は踊るように揺れた。どうしてこんなことをするんだろうという表情で。

二時間ぐらい歩いただろうか。九時五十四分。信じられない。三十分しか経っていないなんて。

3

宣陵駅の近くに宣陵*1があったとは。宣陵があるからこそ宣陵駅が存在するわけだが、僕にはこの事実が新鮮に感じられた。都市の秘密を発見したような気分だ。僕たちは宣陵と靖陵が同じ敷地にある宣靖陵(ソンジョンヌン)というところまで歩いた。入場券売り場の職員は、ドゥウンの首にぶら下がったカードを見ると何も言わずにうなずき、そのまま入

*1【宣陵】ユネスコの世界遺産に登録された朝鮮王陵四十基のうちの一つ。朝鮮第九代王・成宗(ソンジョン)と貞顕(チョンヒョン)王后の墓。
*2【靖陵】成宗の息子にあたる第十一代王・中宗(チュンジョン)の墓。

〇〇九

れと手で合図をした。

　ドゥウンはここが気に入った様子だ。終始ぼんやりして無表情だった顔に活気が宿った。ずんずん歩いて成宗大王の墓がある丘までに一気にのぼっていく。彼はまるで図体の大きな草食恐竜を目にしたかのように、巨大な封墳*3を驚異に満ちたまなざしで眺めた。そして、立入禁止のフェンスをひょいと越えて中に入った。僕はフェンスの前に立って慌てて言った。入っちゃダメですよ。ドゥウンさん。はやく出て。出てきてよ。彼は耳を貸そうともせずに墓の周りを闊歩し、武人石と文人石*4の間を歩き回った。特に動物の石像に強い興味を示した。指でつんつんつついたり、すうっと撫でたりした。石虎の前でうなり、石羊の額を撫で、石馬の前ではまごついた。またがってみようかどうか迷っているようだった。やがてきちんとひざまずき、馬の頭を下から見上げてにっこり笑った。僕は彼の腕をつかみ、無理やり外に引っ張り出した。何がそんなに楽しいのか理解できなかったが、一方では彼が喜んでいるので僕もうれしくなった。なんだか物事がうまく回っている気がした。仕事をすごく上手にこなしているような感じがするというか。あと七時間。

〇一〇

僕たちは石畳の道を歩いた。これは参道です。死んだ王が歩く神道と生きている王が歩く御道に分かれています。僕はパンフレットを広げて案内文を読み、ガイドを始めた。神道は魂が通る神聖な道なので、上がってはいけません。僕たちは右側の御道を歩かなければなりません。違う、違う。そっちじゃなくて、こっちですよ。ハン・ドゥウンは神道の上を歩いた。下りてください。下りてよ。彼は歩みを止めて体を斜めに傾け、神道の上に唾を吐いた。理解しようとしても到底理解できなかった。何度見ても不愉快で胸が悪くなった。僕は低い声で言った。唾を吐くな。彼は僕の目をぼんやり見つめ、見せつけるように二回続けて唾を吐いた。ペッペッというその音は、窓ガラスを割る二発の鉄球のように心の奥に強い打撃を与えた。こめかみが激しく脈打つ。耳元でドクドクという音が聞こえるほどだった。僕は無言で彼をにらみつけた。彼はまっすぐ見つめ返してきたが、すぐに目をそらした。

　＊3　【封墳】　丸く盛り土をした墓。
　＊4　【武人石と文人石】　王墓を守るために置かれた人型の石像。

〇一一

そのとき二組の団体が御道を歩いてきた。一組は日本人観光客で、もう一方は、ユニフォームらしき派手な登山服を着ているところを見ると、登山同好会のようだ。僕は道の端へよけながら言った。ドゥウンさん。下りて。彼は動かなかった。手を引っぱったが、神道からやっと御道に下りただけで、それ以上はびくともしなかった。おまけに力いっぱい腕をねじって手を引き抜いた。人々は、僕らが立ち往生している所では二手に分かれて参道の両側を歩いた。僕らはその間に挟まれて身動きがとれなくなり、しばらく立っていなければならなかった。ほんの短い時間だった。十五秒？二十秒？　長くても三十秒は超えていなかっただろう。しかし、その時間はゆっくりと過ぎた。誰かがこの場面に意図的にスローモーションをかけたように、表情と目つき、ひそひそ声までをくっきり感じ取ることができた。彼らは一人残らず、ヘッドギアをかぶった男の顔を見つめた。ドゥウンは境界線上に浮かんだ薄い膜のように、その狭間で微かに振動した。十本の足の指が内側に丸まり、彼のスニーカーの先がこんもり盛り上がった。

〇一二

ハン・ドゥウンの体が、まっすぐに立っていたびっくりマークのような体が、はてなマークのように曲がった。

4

二日前、ウジン先輩から携帯にメールが届いた。
土曜日の九時から六時。子守り。やるか？
どうして時給一万ウォンもくれるの？
難しくはないけど、それぐらいはもらっていい仕事だ。
僕に子供の世話なんてできないよ。
子守りといっても、小さい子供じゃないんだ。

説明を聞いて断った。先輩は面食らった様子だった。一日で九万ウォンも稼げる魅力的なアルバイトとはいえ、得体の知れない仕事はできない。柔軟さに欠け、融通が利かない僕は、何をやってもすんなり適応することができなかった。やるべきこと

やってはいけないことの区別がつかなかったし、説明を聞いても理解できなかった。ましてや経験のない仕事、怪しげな仕事なんてできるわけがない。先輩は説得を続け、しまいには切々たる声で懇願した。絶対にやめたくない週末バイトだが、今週は用事があってできないから、他の人にこの仕事を奪われるんじゃないかと心配らしい。

でも、どうして僕なんだよ？

おまえは今、特にやることもないみたいだし……違うか？

それで？

それに俺の周りには、おまえほどバカ正直で優しい奴はいないから。

その言葉の意味はよく理解できなかったが、これ以上何を聞けばいいかもわからず、しばらく黙っていた。先輩が言った。

それから、これは難しい仕事じゃないけど、いかんせん人を相手にする仕事だからイライラさせられることが多い。ちょっと変わった子だろ。おかしな奴らに任せたら、ひどい目に遭わされるんだよ。

先輩はしばらく何かを考えているような様子だったが、やがて言った。

コーラに睡眠薬を盛って一日中眠らせる奴もいるし、家に連れて行って部屋に閉じ

〇一四

込めておいて私用を済ませる奴もいる。最初から動けないように縄で縛っておむつを履かせたり、傘の使い捨てビニールカバーを性器にかぶせたりして寝かせておく野郎もいるらしい。トイレに連れていくのすら面倒だってことさ。そんなふうにほったらかしにして、自分の好き勝手に過ごしてるくせに、金はしっかり受け取るんだ。両親は知らないだろう。あの子には説明できないから。だから誰にでも任せられるってわけじゃないんだ。一日だけ、俺のためだと思って助けてくれ。一日だけでいいから一緒にいてやってくれ。どこに行ってもいいし、ただ座ってるだけでもいいから。

ウジン先輩はどこに連れて行ったんだろう？　何をして、どんな話をしたのだろうか？　見当もつかない。ハン・ドゥウンはこれまで僕みたいな人間に何人ぐらい会ったのだろうか。土曜と日曜はどうしてるんだろう。家での姿と部屋の風景。そんなことを想像してみたが、なぜかとたんに浮かない気分になった。

彼は硬くこわばった体でベンチに浅く腰掛け、微かにアアという声を出しながら指を細かく動かした。ときどき拳でヘッドギアをコツコツ叩いたりもした。僕はベンチの端に少し離れて座り、前方を眺めた。そこから見渡せる風景はなかなかのものだっ

〇一五

た。なだらかな坂を覆い尽くす手入れの行き届いた芝が、穏やかに波打つ川面を連想させた。ドゥウンさん、何を考えてるの？　彼は僕の言葉にまるで耳を貸さず、顔を傾けて、魂が歩く石畳の道をぼんやり見ていた。何を考え、感じているのか読み取ることができない未知の表情だった。死んだ王が歩いてるんですか？　冗談だったが、言ってから鳥肌が立った。彼の視線が動く物体を追うように、道に沿って少しずつ動いていたからだ。彼は人差し指を上げて宙に絵を描いた。空中に水で描いた絵のような透明な図形が浮かんで消えた。彼の目にはひょっとしてそういうものが見えるのか？　目に見えないものとか、死んだもの、あるいは形のないもの。そう考えると、墓の周りを歩く彼のゾンビのような動きが、夢遊病者のそれのように思えた。どこかに魂を置いたまま、空っぽの肉体で散歩に来た夢見る男。目覚めればすべて消えてしまう道や風景の中をゆらゆら歩く者の詩的な一日みたいな。もちろん、僕の妄想だけど。

　それはともかく、まだ五時間三十分ある。これから何をすべきだろうか。ドゥウンさん。何しようか？　ねえ？　なんだって？　家に帰りたい？　僕も。家に帰りたい

よ、まったく。その瞬間ドゥウンは振り向き、僕をまっすぐ見つめながら言った。彼が答えるなんて想像すらしていなかったから、びっくりした。もう一度聞いた。なんて？　彼がはっきりとした発音で言った。
ごはん。
ごはん？
あきれて笑ってしまった。
そっか、そっか。ごはん。そういえば、ごはんを食べてなかったね。
彼はやっと気づいたかとでも言いたげに、顔をしかめながら立ち上がった。僕たちは宣靖陵のそばにある和食屋に入った。

5

どうしよう？

食事をするドゥウンを見ながら、そればかり考えている。最初は隣に座ってちゃん

〇一七

と食べさせようとしたが、あきらめてしまった。食べ物を取り上げたり、フォークを持つ手を握ったりすると、興奮して大声を出す。トンカツをわしづかみにしてかぶりつき、首筋とシャツに飛び散ったソースやスープを拭う気はないようだ。口の中に食べ物がぎっしり詰まっているのに、さらに放り込む。入りきらず、無理やり詰め込もうとして奇声を上げる。そうかと思うと、いきなりえずいた。僕はあきらめて、ただぼんやり見守っていた。食堂にいる誰もが僕たちのテーブルのほうを見ている。最初は遠慮がちに頼みに来ていた店員も小馬鹿にした態度を取るようになり、静かにさせてくれと何度も言いに来た。僕はやむなく彼の手から食べ物を奪い、皿を片づけた。ドゥウンは床に寝転がり、いっそう大きな声でわめいた。僕は彼の隣にしゃがんで、お願いだから静かにしてくれとほとんど泣きそうになりながら訴えた。しかし、彼はやめない。どうしようもないので、脇の下に手を入れて、立ち上がらせようとするふりをしながら強くつねった。その瞬間、彼の体がかたつむりの触覚のように縮こまり、ドゥウンは驚いた目をして黙り込んだ。僕たちは急いで食堂を抜け出した。

満腹になったドゥウンは再び内気な子供に戻った。相変わらず唾を吐き、自分の顔

〇一八

を叩いたりはしたが、それほどひどくはなかったし、今では僕の後ろを自分からちゃんとついてくるようになった。しかし、僕はさっきの食堂での騒ぎのせいで魂が半ば抜けてしまい、心の余裕とぬくもりが半減していた。ドゥウンは何事もなかったように純真な表情で塀のシミに目を奪われている。彼は何者なんだろう。シンプルに考えようとしても、なかなか考えがまとまらなかった。唾を吐き、食べ物に異様な執着を見せてわめく人格と、人を避け、身をすくめて緊張し、神道を眺めながら指で宙に絵を描く人格は、完全に異なる存在のように感じられた。

彼にも〝自我〟というものがあるのだろうか。

わからない。あと四時間。どこへ行こうか悩んだ末、再び宣靖陵へ向かった。さっきの騒ぎのせいで、人通りの多いメインストリートに向かって歩く勇気が出なかった。入口でドゥウンの歩みが止まった。リードを外されたチワワがいた。彼の顔は瞬時にこわばり、表情から恐れがうかがえた。両耳をピンと立てた犬は、牙をむいて吠えかかってきた。飼い主らしき若い女が十メートルほど離れたところに立ち、おざなりな

〇一九

口調でやめなさい、という言葉だけを繰り返している。僕は他人の飼い犬を叱りつけるわけにも蹴るわけにもいかず、しばらくじっとしていた。彼は後ずさりして僕の背後に隠れた。彼が感じている恐れが肩と腕に吸い込まれるようにそっくり伝わってくる。飼い主のほうをちらりと見た。女は携帯電話に気をとられている。僕はすばやく足を伸ばして犬の後ろ足を蹴飛ばした。チワワはキャン、と悲鳴を上げ、背を向けて飼い主の元に戻っていった。ドゥウンはそれがかなりお気に召したようだ。しばらくの間、穴があくほど僕を見つめたかと思うと、いきなり僕の手を握った。

　彼は手を離す気がないのだろうか。ほどこうとして力を入れて手をひねると、彼も同じぐらいの力を込めて逆方向に手をひねる。仕方ない。このまま歩くしかない。宣靖陵の散歩コースにはお年寄りが多かった。国籍不明の奇抜なファッションのおばあさんはペリカンみたいに両腕を上下に振る体操の最中で、身なりのよい老紳士はベビーカーを前に置いてベンチで本を読んでいる。あずまやではおじさん二人が向かい合ってチャンギを打っていて、僕らはその隣に少し離れて座ることにした。ふくらぎが痛み、手のひらがやたら汗ばんでいたので手を拭きたかった。僕は財布でも取り

〇二〇

出すようなそぶりでサッと手をほどいた。ドゥウンは自分の手と僕の手を代わるがわる見つめた後、背筋をピンと伸ばして座り、前を眺めた。楚※6の側に座っていたおじさんが、握っていた包※7を将棋盤に置いてドゥウンを見る。漢※8の側に座ったおじさんも、あずまやの柱にもたれ、両腕をその柱の後ろに回したまま、勿珍しげにヘッドギアを眺めた。そのうう好奇心を丸出しにしてそろりそろりとドゥウンに近づき、話しかけた。何やってる人なんだい？ ドゥウンは眉ひとつ動かさず、正面だけを見ていた。おじさんは、なあ、おい、と言いながら、繰り返し聞いた。そして僕のほうに顔を向けて、また言った。何やってる人かね？ 僕はわずらわしさを感じて、そっけなく言った。やめてください。おじさんはいきなり語気を荒げる。何だよ？ え？ カチンと来た。もう一人のおじさんはいつの間にかドゥウンの前に立っている。そして真剣な表情で手の平を見せて突き出しながら言った。ボクシング。ボクシング。外国

* ※5【チャンギ】 朝鮮将棋。
* ※6【楚】 王将にあたる駒。緑色で楚の文字が書かれている。
* ※7【包】 攻め駒の一種。
* ※8【漢】 王将にあたる駒で、年長者または上位者が使用する。赤色で漢の文字が書かれている。

人に話すように、手足をフル活用して単語を表現する。ドゥウンはすっとその場から立ち上がった。そして両足を広げて姿勢をやや低く構え、パンチを二発飛ばした。このうえなく鮮やかなワン・ツーだった。木製バットにボールが命中したときのような軽快な音が二発、散歩道にパンパンと響きわたった。そしてドゥウンは再び元の場所に座った。おじさんは驚いて呆然とドゥウンを見つめた。そのあと、これ見よがしに僕に歯を見せて笑った。

6

ボクシングやってたんですか？
ドゥウンはすました表情で前だけを見ていた。茂った木の隙間から陽光が射し込んだり陰ったりしている。
ねえ、どうして君はごはん、しか言わないの？
彼は下唇を突き出し、薄目を開けて肩を動かした。なんだか窮屈そうに見えた。しきりにリュックの肩ひもと腰ひもをいじりまわして、アーアーと声を出しながらヘッ

〇二二

ドギアを拳でポカポカ叩きまくった。腰ひものプラスチックバックルを外してリュックを下ろしてやった。リュックは重かった。地面に置いた瞬間、振動を感じたほどだ。ファスナーを開けて中を確認する。水のボトル三本、ハードカバーの本が七冊。二キロのピンク色のダンベルも一つ入っていた。本は最近見かけなくなった判型の韓国文学全集で、タイトル順に本棚から抜いて入れたようだ。そのとき、ウジン先輩から電話がかかってきた。

どこだ？

宣靖陵。

へぇ、おまえはさすがだな。

いや、がんばってるなと思って。しっかり遊んでくれているようで安心したよ。

電話の向こう側から、ベッドでのんびりとゴロゴロしながらタバコの煙をふかしているような雰囲気が漂ってくる。その横から微かに女の声も聞こえてくるような気がした。

先輩。この子、ボクシングやってたの？

どうだろう。奥さんの話では、その子のためになりそうなことは何でもやらせたらしいけど。メンタルを安定させるために剣道も習わせたそうだ。ボクシングもやったことあるかもな。どうした？ 誰かを殴ったのか？

違うよ。でも、その奥さんって人だけどさ、この子を虐待してるの？

虐待だって？

リュックの中、見た？

あぁ、それか。おまえが考えているようなことじゃない。それもすべて切ない事情があってのことなんだ。外でしっかり体力を消耗すれば、家に帰ってからすぐに寝つく。そうすると奥さんはすごく助かるんだ。運動だと思えばいい。その子は不安がるから、後ろから重いもので押してやると落ち着くし。いろいろといいんだよ。

先輩は僕の声からにじみ出る懐疑心を読み取ったのか、あれこれ言って取りなそうとした。主に保護者の苦悩にフォーカスした内容だった。あの女性はハン・ドゥウンの母親ではなく叔母だという。自分の息子でもないのに息子同然に育てている立派な人なんだと言った。僕たちは絶対に彼女の気持ちを測り知ることはできない、といった具合に説明をした。僕は何も言わずにおとなしく聞いていた。先輩はこう付け加え

〇二四

て電話を切った。

適当にやれよ。今日は暑いし。

　リュックを下ろしたドゥウンは背中を丸めて座った。直前まで棒のように真っすぐ伸ばしていたときとは違う姿勢だ。聞こえるか聞こえないかぐらいの音で呼吸をして、ときどき長く息を吐いた。彼が僕を見つめ、アァと声を出して拳で自分の顔をパンパン殴った。どうしてそんなことするんだよ、と止めようとした瞬間、ふと気づいた。自傷行為なら、腹を立てているのなら、こんなふうに弱々しくアァなんて言わずにウワーッと大声を出してサンドバッグを叩くように殴るはずだ。

　ドゥウンを連れて障害者用トイレに入った。首にぶら下がったカードとヘッドギアを外した。両頬が真っ赤だ。あせもが頬に広がり、あわ粒大の吹き出物もあった。ヘッドギアを手に持って、しばらく何もできずにぼんやり立っていた。彼の顔をしっかり見た。カラカラに乾いた、小さな黒い種みたいだ。髪の毛はところどころクセがついて束になり、あちこちが円形に白くなっていた。僕は彼の首筋をそっとつかんで、

〇二五

手のひらに溜めた水を頬に浴びせた。顔が濡れるたびに彼は拳をぎゅっと握りしめた。両拳が熟れた木の実のように赤くなる。洗い終わりましたよ。終わりました。僕は子供をなだめるように、できるかぎり優しく言った。彼は顔を洗い終わるまで素直に従い、声も出さなかった。洗面台の蛇口をひねって水を出し、流れる水に手を突っ込んでじっとしていた。トイレットペーパーを巻き取ってハンカチぐらいのサイズに畳み、ていねいにぽんぽん押し当てて水を拭きとる。おでこと首筋に、雪が降ったようにトイレットペーパーの切れ端がくっついた。ヘッドギアの内側をトイレットペーパーで拭き、これをどうしたものかと悩んだ末、リュックにしまって肩にかけた。暑いから、しばらく脱ぐことにしましょう。絶対に、悪いことをしちゃいけませんよ。わかりましたか？　僕は彼の丸いおでこに濡れて張りついた髪を撫でるようにそっとはがし、その髪の間に指を入れて軽く振った。

7

ドゥウンの足取りが軽快になり、速くなった。きょろきょろと周囲を見回した。や

〇二六

がて何かを指差す。指の先にあったのは、珍しくも何ともないものだった。捕らえた虫に糸を巻きつけているクモだ。それをきっかけとして、次々にいろいろなものを指差した。僕はそれらのどれが印象的なのかまるでわからなかった。捨てられたメドゥプ[*9]、積み上げられた石、片方がつぶれたイヤホン、中がすっかり空っぽになったセミの抜け殻の前では長らく座っていた。彼はそれが本当に物珍しいようだ。突然言った。

せみ。

セミのことをセミと言っただけなのに、僕は本当に驚いた。彼はぼんやり僕を見つめながら、小首をかしげて立ち上がった。そんなことも知らないのかとでも言いたげな傲慢な表情だ。一度、言葉の扉が開くと止まらなくなった。録音された音声ファイルを再生するように、彼は一定のリズムとイントネーションでしゃべった。詩の一節のようでもあり、単調なメロディの歌のようでもあった。小声でつぶやいていたので、はっきりとは聞き取れなかったが、木の名前を言っているようだった。

はんのき。

*9【メドゥプ】韓国伝統工芸の結び紐。

〇二七

ちょうど木に名札がついていたので確認すると、そのとおりだった。榛の木だ。

ホントに？　知ってて言ったの？

彼は僕の質問には答えず、十歩ほど先を歩きながら木の名前を言い続けた。にしきぎ。ねむのき。もみのき。彼は友達のように気軽に優しく木の名前を呼んだ。こんなことってあるのか？　僕はハン・ドゥウンの後ろを歩きながら、携帯電話で〝自閉症〟〝精神遅滞〟という単語を検索した。関連検索ワードに出てきた〝高機能自閉症〟〝サヴァン症候群〟もクリックした。さまざまなケースがあり、その分野の予備知識がないので完全には理解できなかったが、とにかくありうることらしい。ピアノをうまく弾いたり、絵を上手に描いたり、優れた暗記力を持つこともあるという。木の名前をたくさん知っているというのは、そうしたことよりもすごいことなのだろうか、そうではないのだろうか。わからないが、とにかくその声は聞き心地がよかった。ほとんど高低差のない単調なトーンではあったが、気持ちがこもっていた。ガラス瓶を半分ほど満たした水が揺れる音のように繰り返されるひそやかな響き。やがて突然話すのを止め、立ち止まって何かを指差して僕に見るように促した。やっぱり特別なものではない。折れた眼鏡フレームの片方や、土に埋もれかけた赤紫色のニット帽のよ

〇二八

うなものだ。僕がそれを確認すると、彼は満足げな表情をして先に進んだ。

反時計回りに歩いていた人々が、時計回りに歩く僕たちとすれ違った。散歩をする男、ジョギングする女、腕を組んでぴったりくっついて歩く恋人たち、その場に立ち止まってどこへ行こうか悩んでいるらしい外国人、ひとりごとを言いながら怒って泣く謎の老人。彼らに出くわすたびにドゥウンは唇を固く結んで緊張した。薄目を開け、上半身を両側に動かす。そして、一歩一歩すばやく身をかわしながら、やっとのことで前に進んだ。彼らとぶつかった瞬間に命を落とすというゲームでもしているかのように慎重だった。軽やかなステップ、リズミカルに左へ右へと柔軟に動く上半身。たった一人で必死に闘っていた。まるでリングに立ち、休むことなく足を動かして奮闘するアウトボクサーのようだった。蝶のように舞い、蜂のように刺さなければならないボクサー。僕は何となく、ある言葉を口に出した。

パピヨン。

彼は歩みを止め、ちらりと振り返った。パピヨンだなんて、何年ぶりに口にしたフランス語だろう。フランス語学科を卒業したくせに、こんな簡単な単語を言うことす

〇二九

らずいぶん久しぶりだ。大学に入った時はフランス語というだけで、なんとなくカッコいい気がした。フランス語を話せるようになったら、いっそうカッコいいだろうなと思ったし、それが何だかわからないけれど、他の人々とは違う未来が開かれそうな気がした。何というか、フランス的な未来みたいなものが。エッフェル塔のように美しい青い瞳と向かい合ってバゲットを切り分け、シャンソンが鳴り響く街を歩く、余裕に満ちたゴージャスな人生。あるいは、フランスに関わる人生。たとえばフランスと貿易をするとか、現地の本を韓国語に翻訳する人ぐらいにはなれるだろうと思っていた。パリ第八大学や第九大学なんかで勉強する姿を想像したりもした。しかし、僕は卒業後に英語塾の講師になり、その後は小学生の補習塾で国語と数学まで教えた。その仕事をするために国語の文法と数学の公式を勉強し直さなければならなかった。それだって簡単じゃなかった。何をやっても僕は職場の人間関係でつまずいた。はがゆい。融通が利かない。こういう言葉を常に聞かされてきた。フランス語を勉強したくせに、どうしてこんなに柔軟性がないのかという苦言もたくさん聞いた。フランス語と柔軟性の関連性について悩んでいるうちに、いつしか僕は仕事を辞めていた。そして今は補習塾で一緒に働いていたウジン先輩のピンチヒッターとして、日当九万ウォ

〇三〇

ンのバイトをしているのだ。

僕はハン・ドゥウンと並んで歩いた。

僕は大学でフランス語を勉強していたんだ。フランス語ってわかります？ ボンジュール、サヴァ。

彼は横目で見ただけで、特別な反応を見せなかった。

とにかくそういうものを習ってたんだけど。僕はフランス語学科代表のボクシング選手だったんだ。

僕は姿勢を低くしてファイティングポーズをして見せた。リュックの重さで一瞬、よろめいた。彼はちょっと驚いたように目を丸くした。

今考えても本当にあきれちゃうよ。大学の体育祭でボクシングなんて。当時の学生会長が格闘技にハマっててゴリ押ししたんだけど、本当にひどかった。目も当てられないようなレベルの試合だったんだ。それでも競技場の風景は素敵だったよ。応援もおもしろかったし。想像してみてよ。ロシア、スペイン、ドイツ、アラブ、中国、日本、フランスを代表する軟弱な選手たちがリングに上がって闘う光景。国旗がはため

いて、聞いたこともないたどたどしい外国の応援歌が響き渡った。フランス語学科の代表選手は僕だった。ボクシングが上手だったわけじゃなくて、男が僕しかいなかったから。もともと外国語学科は男が少なくて、フランス語学科はそれが特にひどかったんだ。新入生は僕を含めて三人しかいなくてさ。先輩たちは執行部とか役員とかあれこれ責任のある仕事を引き受けて大会の準備にあたっていたから、出場できる男が一人もいなかったんだ。新入生のうち一人は一カ月も学校に来ていなかったし、もう一人はひどい蓄膿症で、マウスピースをはめると鼻をぐすぐす言わせて、息ができないってすぐにあきらめたよ。しょうがないよね。僕が出るしかない。僕の相手はロシア語学科だった。見るからに弱そうだった。いくらボクシングができなくたって、あいつには勝てそうだなって思ったけど、相手も僕と同じようなことを考えたらしい。自信ありげな表情だった。

　そのとき、丘から強風が吹いてきた。僕たちは一瞬、歩みを止めて宙を見つめた。風が過ぎ去るほうに向かって、木の葉と砂、名前のわからない虫と黒いビニール袋が一緒に飛んでいった。空中に透明な道が敷かれたかのようだった。ドゥウンは口を大きく開けて舌をちょっと出し、風を味わってうっとりした表情を浮かべ

〇三一

た。風が止まり、僕たちはまた歩き出した。僕は言った。

互角の戦いだった。弱さの度合いが互角だったんだ。同じぐらい下手で。二人とも相手をダウンさせられるほどのテクニックもパワーもないから、ゴングが鳴るまでひたすら拳を振り回してた。一発殴ったら一発殴られて。今思い出してもぞっとするよ。実際、本当の試合はリングの外で行われていた。世界タイトルマッチでもあそこまではいかないんじゃないかな。熱狂的ですさまじい応援合戦だったよ。フランスがパピヨン、パピヨンって叫ぶと、ロシアはウビーイツァ、ウビーイツァって叫んだ。僕がパピヨンで、相手がウビーイツァだったんだけど、結果はパピヨンの判定負けだった。最後に噴き出た鼻血が決定打になったよ。パピヨンってフランス語でどういう意味か知ってる？　蝶だよ。モハメド・アリが、蝶のように舞い蜂のように刺すと言われたことから取ったみたいなんだけど。どうかしてるよね。ボクシング選手に蝶だなんて。今から思うと、僕が負けたのはきっと応援のせいだよ。後で知ったんだけど、ウビーイツァはロシア語で殺人者っていう意味らしい。あぁ……それぐらい迫力のあるリングネームじゃないとね。蝶はないよね。蝶が殺人者に勝てるわけがない。それはそうと、ドゥウンさ

〇三三

んの歩き方を見てると当時を思い出すよ。

　ドゥウンは僕をじっと見つめた。気のせいだろうか。わからない。しかし、明らかに彼の顔にある反応が表れた。ともすれば見逃してしまいそうな微笑が静かに浮かび、さっと消えた。考え過ぎかもしれないけれど、彼は僕の気持ちを見抜いたうえで笑ったのだと、根拠もなく思った。応える目つきというか。そう考えたら、ちょっと妙な気分になった。

　笑ったのか？　僕は左手でジャブを飛ばした。彼は頭をさっと曲げてよけた。右手で再びジャブを打つ。それも軽々とかわされた。今度は力を込めてストレートを放ったが、体を後ろにさっと引いて回避する。目つきは真剣で、拳から視線を離さなかった。まるで拳と自分の間に必然的な距離が存在するかのように、鋭敏に距離を維持した。僕はいたずら心が働いて、いろいろなパンチをでたらめに混ぜて打ってみた。彼には一発も届かず、すべてかわされた。視線を感じて振り返った。手を握り合ってベンチに座っているカップルが僕らを見ていた。その目が僕に向けられているのか、

〇三四

ドゥウンに向けられているのか、僕ら二人に向けられているのか、判別できなかった。僕はばつが悪くなり、拳を下ろしてうつむいた。

森の奥に入るほど暗くなった。日が陰り、大気が白みを帯びてきた。真夏の昼下がりなのに、こんなに暗いなんて。雲も風もなく、太陽はあんなに激しく照りつけているのに、どうして森は暗いのか。木に背をあずけて立っているハン・ドゥウンには影がない。輪郭もなく、微かな陰影すらなかった。よく考えてみたら、歩いている最中に影を見た記憶がない。同じ道を何度も歩いた。宣陵から靖陵へ、靖陵からまた宣陵へ。ドゥウンは重力にも空気抵抗にも影響されず、わずかに宙に浮いてスーッとすべるように歩いた。

8

五時半。宣靖陵を出て、街をひと回りしてから、近くの公園の前にあったコンビニのプラスチック椅子に座った。僕はイオン飲料を飲み、ドゥウンはアイスクリームを

〇三五

食べた。ドゥウンさん。僕たちもうお別れだね、と言おうとしてやめた。ドゥウンはうつむいてメロン味のアイスクリームを舌先でなめていた。十五分ぐらい経ったら待ち合わせ場所である駅の七番出口に行くつもりだった。そのとき携帯電話にメールが届いた。ドゥウンの保護者からだった。

用事ができました。あと三時間だけお願いします。

僕は返事を送った。

困ります。夜は予定があるんです。

五分が過ぎた。返事はない。電話をかけた。出なかった。三分後に再び電話をかけた。電源が切られていた。僕はこの状況は何を意味するんだろうと思い、メッセージを長い間見つめた。用事ができました。用事ができました。その文面を二回ぐらい一人でゆっくりつぶやいた。何なんだよ、これ。

ブロック舗装された歩道を、足を引きずって歩いた。体力と感情が足の裏からすべて漏れ出していくかのように、歩けば歩くほど少しずつ重くなり、同時に空っぽになっていくような奇妙な感覚に襲われた。ドゥウンはだらしない歩き方で三歩ぐらい後ろからついてきた。公園は嫌な匂いが漂い、湿った空気が立ち込めている。昼間に

〇三六

草刈りが行われたやぶの匂いだ。すえたような強烈な草の匂い。青臭い匂い。息を大きく吸い込むたびにその匂いが鼻とのどを不快にくすぐった。僕の気持ちが急変したことをドゥウンは察知した。横目でずっと僕の顔色をうかがっている。僕は老木の切り株に座り、回らない頭でこの状況について考えようとした。これはないだろう。バカにしてるのか？　先輩に電話をかけて今の状況を説明した。しかし、彼は事もなげに答えた。夜に急ぎの用事がないなら続けろという。そういう問題じゃないと言うと、だったら何が問題なんだと平然と聞いてくるので切ってしまった。

　緊張の糸が切れた。朝から九時間も歩き続けた。すでに暗くなり、もう行くあてもないのに、これ以上僕に何ができるというのか。このまま六時に待ち合わせ場所に行って、ドゥウンを置いていってしまおうか？　そうするわけにはいかないとすぐに考え直した。にっちもさっちもいかない状況だ。ドゥウンが突然、木の名前をつぶやきはじめた。名前を一つ言うたびに僕のほうをちらちら見て顔色をうかがうところを見ると、僕に聞けと言っているらしい。とたんにイラッとした。僕は大声を上げた。

　静かにしろ。

自分でも驚くほどの大声だった。声に怒りがこもっていた。ドゥウンはすぐに口をつぐんだ。緊張して棒立ちになり、どうすることもできずにいた。僕はやぶの陰を見ながらもう一度言った。

うるさいんだよ。

次の言葉はかろうじて飲み込んだ。でも、言わなかった言葉を、ドゥウンは聞いたようだ。彼はうつむいて足を地面にこすりつけながら、壊れたロボットのようにカクカク動いて少しずつ遠ざかっていった。僕は彼の後ろ姿を眺め、顔を背けてしまった。彼にどす黒い感情をぶつけた自分に対する微かな羞恥心が心の中に広がっていくのが感じられた。後を追う気力もなく、そうしたくもなかった。僕は担いでいたリュックを放り捨てて地べたに座り込んだ。

9

気を取り直してみると、ドゥウンが消えていた。ドゥウンさん。ドゥウンさん。ハ

〇三八

ン・ドゥウン。おーい。おーい。あたりを見回しても誰もおらず、返事もなかった。街灯が一つ二つと灯り、物も風景もはっきり見えないほど辺りは闇に包まれていた。不安に襲われ、心配になった。路地のほうに歩いていったのか？ それとも大通りに行ったのだろうか？ それともまた宣靖陵に行ったのか？ それとも。それとも。いろいろな可能性を考えると、頭が痺れそうだった。どこにいたとしても、一人でいればそこは危険な場所になるだろう。僕は我を忘れて駆け回った。そのとき、公園のほうに小さな人だかりができているのが見えた。その中心にドゥウンがいると直感した。同時に、彼がよくないことに巻き込まれたとも思った。

ドゥウンはそこにいた。四人の少年が彼を取り囲んでいる。どこから見ても不良っぽくて危なそうなやつらだ。僕は彼らの間に割って入り、ドゥウンの前に立って四方を見回しながら急いで言った。

どうしたんですか？ 何があったんです？

僕は言った。誰に向かって話せばいいかわからず、前を見て、右側を見て、振り

〇三九

返って後ろも見ながら言った。こいつは普通じゃない。だから理解してほしい。唾を吐くことに深い意味はなくて、要するに癖みたいなものなんだ。その瞬間、ドゥウンが背後で唾を吐いた。唾は僕の肩を越えて飛んで行き、前に立っていた学生のナイキのスニーカーの靴ひもに落ちた。その瞬間、ナイキは大声を出しながら僕を押しのけた。そしてドゥウンを殴ろうとした。彼はよけた。落ち着いた、軽やかなディフェンスだった。隣にいたプーマとリーボックも殴りかかったが、それもよけた。彼らは慌てながらもオオ……と声を出して感心した。そのうち意地になったのか、力を込めて拳を突き出した。数人がこの状況を見ていたが、助けようとしたり仲裁に入ろうとしたりする人はいなかった。立ち去る人もいたし、残っている人も、ただ見物しているだけだった。

　ブランコに乗っていたスキンヘッドの少年が腕組みをほどいて立ち上がった。足元に半分ほど吸って捨てたタバコの吸殻が山積みになっている。彼が戦う姿勢を見せると、ドゥウンも身構えた。彼は他の子たちとは違った。パンチが速く、正確だった。
　フォームが決まっていた。彼は歯を食いしばり、深く潜り込んでパンチを飛ばした。
　しかし、ドゥウンは間一髪でそれらをすべてかわした。精巧な機械のように、ウィー

〇四〇

ビングはほぼ完璧だった。踊るように前後にすばやく足を動かす。ヒュッヒュッ。どこから出ているのかわからないが、ヒュッヒュッという音がした。突然、少年が凍りついたように動きを止めた。彼は何かを見た。彼が目にしたものを僕も見た。ハン・ドゥウンが、固めたガードの後ろから、すさまじい殺気を込めて彼をにらみつけていた。

少年は突然体を翻し、行くぞと言った。仲間たちはどこか釈然としない表情で彼についていった。僕はこの信じがたい光景に驚きながらも、うかつにドゥウンに近寄れず、隣に立ってつっかえながら言った。大丈夫。大丈夫。彼は息を切らしてべったりと座り込んだ。まるで糸の切れたマリオネットのようだった。そのとき、暗闇の中から砂が飛んできて、僕たちの顔を襲った。髪の毛と唇、目とシャツの中に土と砂利が入ってきた。顔を覆って身をすくめているドゥウンの後頭部にバナナ牛乳とコーラが降り注ぎ、こぶし大の石も飛んできた。少年たちは顔に唾を吐くように罵声を浴びせた。

ピョンシン*10!

彼らは植えこみの後ろに逃げながら大声で叫び続けた。くすくす笑いと共に、闇の中から同じ言葉が何度も聞こえた。その言葉は茂みの中で、そして空中で鳴り響き、すべり台、シーソー、木々と公園全体がその言葉を繰り返した。

ドゥウンは座り込み、ひざの間に顔をうずめた。水に顔を浸けて息を止めている人のように、彼は閉じこもっていた。僕は彼の髪の毛についた砂とゴミを払いのけ、肩を手の平でさすって落ち着かせた。彼の体は震えていた。奇妙な震えだった。体が震えているのではなく、体の奥深くでエンジンが作動しているようだった。しばらく後で、僕はそれが心臓だということに気づいた。ドクンドクンと鼓動するのでなく、壊れた機械のようにドドドと脈打っているのだ。僕は水中から死体を引き上げるような気持ちで彼の脇に手を挟み、抱き起こそうとした。ドゥウンは両手で僕を押しのけて、自ら立ち上がった。

上体を起こしてぼんやり立ち、正面を眺めた。そして地面に倒れている僕をチラッと眺めると、両手を上げてポーズを構えた。防御のためのガードではなく、前に向

かって突進しようとするインファイターの構えだった。緊張が走った。僕とやるつもりなのか？

ハン・ドゥウンはハン・ドゥウンを殴り始めた。単にパンパン叩くのではなく、相手をダウンさせようという意志が込められた、正確で強いパンチだった。

パンチ一発、ガン。

パンチ二発、ガンガン。

ワンツースリー、ガガガン。

顔はあっという間にめちゃくちゃになった。頬に赤いアザができ、目のまわりが腫れ、頬骨の横が裂けて出血した。僕は駆け寄って腕をつかんだ。しかし、彼はリングに立ったボクサーだった。僕など相手にならなかった。体は硬くて強靭だ。栗の実のような筋肉が腕と体に盛り上がっていた。彼は拳を振り続けた。僕は後ろから腰を抱え込んだ。それから足をかけて倒した。そして両手で顔をつかんで抱きしめた。そし

*10【ピョンシン】「病身」。障害のある人を蔑む言葉だが、単に間抜け、馬鹿という意味でも使われる。

〇四三

て大声で叫んだ。何を言ったのだろうか。暴言を吐いたような気もするし、激怒した気もするし、どうかやめてくれと懇願した気もする。ある瞬間ドゥウンは静かになり、僕たちはしばらく抱き合って地べたに横たわっていた。気がつくと、警備のおじさんがランタンで僕たちの顔を照らしていた。

10

何の感情も湧かない。腹を立てるべきなのに怒りも湧かず、悔しがるべきなのにそんな気分にもならなかった。ドゥウンはぼんやりと木のように立ち、半ばふさがった目で前を眺めていた。僕たちはせわしなく歩く人々の中に、身じろぎもせず立っていた。闇の中に、街灯の光と猛烈な勢いで通り過ぎる自動車のヘッドライトの中に、おしゃべりの声、カフェやパン屋から聞こえてくる音楽、好奇心と、読み取れない感情が宿った視線の中に、ただ立っていた。

ドゥウンの保護者は申し訳なさそうな顔で九時に現れた。十二時間の間に何があっ

〇四四

たのかわからないが、彼女の顔は半分ぐらいにしぼんでいた。暗いからそう見えるのか。あるいは僕の目がおかしくなったのか。わからない。僕は彼女が自分たちのほうに一歩近づいてくるたび、知らず知らずうつむきがちになっていった。彼女はドゥウンの顔を確認すると、すぐさま僕に詰め寄って怒りのこもった声で聞いた。

何があったんです？

僕はどう説明すればいいかわからなかった。彼女は僕に考える隙を与えず、すぐにまた尋ねた。

ヘッドギアはどこですか？

そういえばリュックがない。公園に置いてきたのかな。いや、ずっと持ってたはずなのに。どうしてないんだろうと、しどろもどろになった。言いながらみじめな気持ちになり、それ以上は説明せずに口を固く閉ざして黙っていた。申し訳なかった。いや、悔しかった。腹が立った。いや、悲しいのだろうか。彼女は僕とドゥウンをにらみつけ、低い声でつぶやいた。

私があれほどお願いしたじゃないですか。怪我をさせないでほしいって、あれほど言ったのに。

〇四五

彼女はかすれぎみの声で言ったかと思うと、もう耐えられないというように突然語気を強めて大声を張り上げた。

どういうことなの。こんなふうに生きるのがどれだけ大変か、わかります？こんなことして、私にどうしろって言うんですか。どうしてみんな私を困らせるの。私の立場を考えたことある？

そう言った。僕にそう言った。ドゥウンは縮こまって座り、体を震わせている。目をぎゅっと閉じて、唇をもぞもぞさせていた。僕は何もかも理解できそうな気がした。彼女がどれくらい苦労しているか、なぜこんなふうに激怒しているのかも理解できそうだった。でも、すごくうるさかった。あなたの甥っ子だって、怖がってあんなに震えているじゃないか。僕は言った。女はいぶかしげな顔で僕を見つめた。聞き間違いだろうという表情だ。もう一度言った。

静かにしてください。

すみませんと言いたかったのに、そう言った。

頭がものすごく痛かった。一言聞くたびに、頭の中で窓ガラスが一枚ずつ割れてい

〇四六

くような気分だった。手についた血も洗いたいし、服だって早く着替えたい。彼女はしばらく僕をにらみつけたあと、ハンドバッグから携帯電話を取り出した。背を向けて離れたところまで歩いて行き、誰かと電話をしていた。何を話しているのかはわからなかったが、憎悪に満ちた目で何度も僕をにらんだ。ドゥウンは振り返ってぼんやり僕を見た。僕もドゥウンをそんなふうに見た。僕たちはしばらく雨の日の草食動物のように見つめ合ってじっとしていた。さっきの恐ろしい目つきではなかった。宣陵と靖陵を一緒に歩き回ったときの澄んだ瞳でもなかった。

　僕は拳を握りしめて、首をすくめたまま口を固く閉ざしていた。さっきからずっと電話が鳴っていた。怒り狂ったウジン先輩からのメッセージも十分おきに届いた。ドゥウンが近づいてくる。なめくじのようにするりするりと動いて近づいてくる。影が移動するように、音もなく痕跡もなく。すぅっ、とやってきた。彼の顔はめちゃくちゃだった。僕が殴ったわけではないが、自分が殴ったかのように見ているだけで息が詰まり、握りしめた拳にさらに力を入れた。拳の中に何かがぐいっと入ってきた。あたたかくて細い骨を一本握っているみたいだった。手の力が抜けて彼の指だった。

〇四七

緊張が解けた。ドゥウンは言った。
　パピヨン。
　僕は顔を上げて彼を見た。ちょっとあきれて失笑してしまった。発音がめちゃくちゃよかったのだ。彼は表情ひとつ変えずにまじまじと僕を見つめ、すぐに指を抜いて元の場所に戻った。二人は最初に会ったときと同じ姿で去って行った。女は甥の手を引いて歩き、ドゥウンは奇妙なステップで一歩後ろをカクカク歩いていった。

　ウジン先輩から届いた携帯メールを読んだ。
　おまえを信じて一日任せたのに台無しにするのか？　難しい仕事じゃないのに。俺が何て言ったか覚えてるか？　あの子、ケガしたんだって？　これ見たらすぐに電話をくれ。
　電話をしようかと思ったが、何を話せばいいかわからなくてやめた。謝るにせよ怒るにせよ、何だか中途半端だった。実際は申し訳ない気持ちもなく、怒りのようなものもなかった。ただ疲れているだけ。話をするのがあまりにも面倒なだけ。

〇四八

おかしな一日だった。明らかに僕に起こったことだが、その経験が現実とは思えなかった。騙されたようでもあり、狐につままれたような気分でもあり、家まで歩きながらハン・ドゥウンのことを考えた。もしかしたら彼の人生は誤解され、歪曲されているのかもしれない。いや、彼が僕たちを騙しているのかもしれないな。腕のいい作家みたいに、嘘を本当のように、あるいは本当を嘘のように見せかけて。魂はベッドにのんびり寝かせたまま、一日中僕の手を握って幽霊みたいに散歩をして家に帰ったのかもしれない。そんなはずはないか。でも、その可能性だってありうる。知りようがないことだ。何も言わないんだから、わかるわけがない。まるで後ろ姿のような印象を残す表情。美しいウィービングの動作。榛の木と合歓(ねむ)の木を見分けられる風変わりな知識。今日出会ったハン・ドゥウンとは一体何者だったのだろう。本当にボクシングを習っていたのだろうか？

わからない。右手を軽く握って拳を作り、右の頬骨をボカンと殴ってみた。思わずアッと声が出てしまうほど、本気で痛かった。

〇四九

訳者解説

チョン・ヨンジュンは、一九八一年、全羅南道光州に生まれた。二〇〇〇年、朝鮮大学ロシア語学科に入学し、翌年から京畿道漣川(ヨンチョン)で軍隊に服務。兵舎の本棚にあった李箱(イサン)文学賞、東仁(トンイン)文学賞、現代文学賞などの受賞作品集を読み、初めて現代文学に触れた彼は、ハッピーエンドともバッドエンドとも言えない内容やつかみどころのない登場人物に衝撃を受けた。寝つけない夜は、その日読んだ小説について、あれこれ思いをめぐらせたという。

復学後、初めて文芸創作学科の授業を受けた彼は、文学や文章の書き方を学ぶ学生たちがいることに驚き、ロシア語学科との複数専攻で小説と詩の科目を履修する。大学卒業後は一度就職するが、小説家を目指して朝鮮大学大学院の文芸創作学科に進学し、修士学位を取得。その後、高麗大学大学院の文芸創作学科博士課程を修了した。

〇五〇

二〇〇九年、五五〇キロもの肥満体で動けなくなった女性とその家族を描いた短編小説「グッドナイト、オブロー」で『現代文学』の新人賞を受賞し、文壇にデビューする。二〇一一年には九編の短編から成る初の小説集『ガーナ（"歌"の意）』を発表。死して海を漂うアラブ人男性を主人公とした表題作が文学と知性社主催の第一回ウェブマガジン文知文学賞（現・文知文学賞）「今月の小説」に選ばれ、収録作「トトト、ト」は文学トンネ主催の第二回若い作家賞に輝いた。二〇一三年には初の長編小説『バベル』を出版。二〇一五年に二冊目の短編集『私たちは家族じゃないか』を出版し、表題作（発表時の題名は「あなたの血」）が翌年の第四回若い作家賞および第五回ソナギマウル文学賞を受賞した。

二〇一五年、『文学と社会』冬号に発表された本作「宣陵散策」は、自閉症の青年ハン・ドゥウンと、アルバイトで急きょ彼の世話をすることになった"僕"の一日を描く短編小説だ。二〇一六年に第十六回黄順元（ファンスンウォン）文学賞および、三度目となる若い作家賞受賞を果たし、同年十月には済州島の劇団セイレによる朗読公演が開催された。さらに、韓国現代小説学会によって『二〇一七今年の問題小説』（プルンササン刊）にも選定された話題作である。

〇五一

三歳の頃、チョン・ヨンジュンは目の前で起こった事故によって妹を亡くし、そのショックから吃音を発症した。なめらかに話せないことを周りの子どもたちにからかわれるうちに口数が減り、やがてまったく言葉を話せない人のように過ごすようになったという。集団から一歩離れて他人を観察しながら、彼は自分と同じように疎外され、口をつぐんでいる人々がなぜ何も話さないのか、本当は何が言いたかったのだろうと、発せられることのなかった言葉を想像した。

言語矯正院での訓練によって吃音は改善したが、幼少時代の経験は彼の小説に大きな影響を及ぼしている。本作「宣陵散策」のハン・ドウウンをはじめ、失語症の男性とてんかん患者の女性の恋愛を描いた短編小説「ととと、と」などに見られるように、言語障害や発話困難者のコミュニケーションはチョン・ヨンジュンの作品において重要なテーマのひとつだ。

一方、塩田で死と隣り合わせの重労働を強いられる人々を描いた「壁」をはじめ、社会的弱者や不当な権力行使、暴力というテーマにも挑む。架空世界や死を美しく表現する作家としても知られ、文学評論家キム・ヒョンジュンは、小説集『ガーナ』の中で「チョン・ヨンジュンは〝死と共に〟〝死から〟文章を書くエネ

〇五一

ルギーを追求する作家」「死へ向かう衝動のエネルギー、すなわちデストルドーを昇華させた死の作家たち、チャン・ヨンハク、ソン・チャンソプ、ナム・ジョンヒョン、パク・サンリュン、ペク・ミンソク、ペク・カフム、ピョン・ヘヨンへと続く韓国小説の非常に暗い系譜に立っている」と解説している。

二〇一九年六月には、生きるのをやめると宣言した母と、そんな母を思い留まらせようとする息子を描いた短編小説「消えるものたち」で第九回文知文学賞を受賞した。

死や暴力、社会の暗黒面を多く描いてきたチョン・ヨンジュンの作品の中で、「宣陵散策」は意図的に軽妙なタッチで書かれた小説だ。作者はリズミカルな流れを維持することに重点を置き、すんなり易しく読めるように推敲を重ねたという。ドゥウンと〝僕〟のやりとりに暗さはなく、どこかコミカルなところもあるが、それだけに〝僕〟の感情の揺れや周囲の差別的な視線、言葉の暴力が胸に刺さる。

「宣陵散策」執筆の動機について、黄順元文学賞の受賞コメントの中でチョン・ヨンジュンはこう書いている。

「個人的な苦痛はすべて悲劇だ。個人的な問題はすべて障害だ。私はこうした単純で明確な定義を持っている。苦痛には大きいも小さいもなく、高い低いもない。それは個人にとって絶対的なものであり、誰とも共有することはできず、理解することもできない。（中略）書くことへの欲望、そして理解に向けた努力はここから出発する。理解できないという認識と諦めから、小説は始まる。不可能であるとしても語りたいからだ。なぜ私は不可能だと結論を出したことにしきりに迫ろうとするのか。矛盾だ。しかし、その矛盾こそ、小説が人にもたらすことのできる最大の気づきだと思う」

先輩の頼みを断り切れず、ドゥウンと一日を過ごすことになった〝僕〟。時給一万ウォンという好条件のアルバイトは、朝九時から夜六時まで。〝僕〟の長い一日が始まる。自傷行為による怪我を防ぐためにヘッドギアをかぶり、重いリュックを背負わされたドゥウンは、落ち着きなく体を動かし、ところかまわず唾を吐いたり、自分の顔を叩いたりして〝僕〟を困惑させる。

物語は〝僕〟の視点からのみ描かれ、ほぼ言葉を発さないドゥウンが何を考えているのか、本当のところを知ることはできない。話しかけても返事が返ってく

〇五四

ることはなく、"僕"は思いついたことを一方的にしゃべり続ける。

人込みを避けて歩くうちに、二人は宣陵にたどり着く。宣陵・靖陵は朝鮮時代(一三九二〜一九一〇年)の王と王妃が眠る王墓だ。ソウルの江南区に位置し、三つの王陵があることから三陵公園ともよばれている。宣陵は第九代王・成宗とその正室である貞顕王后の墓で、この二人の息子であり、ドラマ「宮廷女官チャングムの誓い」でもおなじみの王様、中宗が眠る墓が靖陵だ。朝鮮王陵は宣陵・靖陵を含めて四十二基あり、そのほとんどがソウル市周辺に集まっている。数百年前の王陵が完全に保存されている例は世界でも珍しく、北朝鮮に位置する二基を除いた四十基がユネスコ世界遺産に登録されている。

突然のアルバイトを機に初めて宣陵の存在を知った"僕"は、「都市の秘密を発見したような気分」になる。ソウルのど真ん中に王墓があるという事実に驚いたように、この場所で"僕"はドゥウンの意外な一面を垣間見ることになる。

吠える犬を追い払ってくれた"僕"に一気に心を開き、手を握って離さなくなったドゥウン。重いリュックを肩から下ろし、窮屈そうなヘッドギアを脱がせて、トイレで顔を洗ってやると、身軽になったドゥウンは虫や石などいろいろな

〇五五

ものを指差してみせるようになり、木の名前を次々と言い当てて〝僕〟を驚かせる。

創作物の中で描かれる高機能自閉症の人物は瞬間記憶力やピアノ演奏などの能力を持つことが多いが、ドゥウンは樹木の名前に詳しいだけでなく、ボクシングに長けているという設定も新鮮だ。彼は決して誰かを攻撃することはなく、巧みなフットワークでパンチをかわすアウトボクサーである。しかし、不良少年たちに罵倒されたドゥウンは、やり場のない怒りと悔しさを自分自身にぶつけてしまう。〝僕〟がよかれと思ってヘッドギアを脱がせたことが、皮肉な結果を招いてしまうのだ。

未知の存在だった自閉症の青年。一日中、一緒に歩き回ってもドゥウンが何者なのかまるでつかめなかった〝僕〟は、「もしかしたら彼の人生は誤解され、歪曲されているのかもしれない。いや、彼が僕たちを騙しているのかもしれない」と妄想する。

狐につままれたようだと〝僕〟が感じた一日は、ドゥウンにとってはどんな一

日だったのだろう。"僕"に対して、どんな印象を抱いたのだろうか。次の週末はどんなふうに過ごすのか。

他者を理解するということ、先入観や偏見、必ずしも言葉によらないコミュニケーションについて。「宣陵散策」は、「わからなさ」の先につながる扉を開くきっかけをもたらしてくれる作品だ。

藤田麗子

著者

チョン・ヨンジュン（鄭容俊）

1981年光州生まれ。
朝鮮大学校ロシア語学科卒業後、
同大学大学院文芸創作学科修了。
2009年に短編「グッドナイト、オブロー」が
雑誌『現代文学』に掲載され文壇デビュー。
2011年に短編「トトト、ト」で第2回若い作家賞を、
2016年に「宣陵散策」で第16回黄順元文学賞を受賞した。
現在はソウル芸術大学文芸創作科で教鞭を取っている。

訳者

藤田麗子（ふじた　れいこ）

福岡県福岡市生まれ。
中央大学文学部社会学科卒業後、実用書、雑誌、医学書などの
編集部を経て、2009年よりフリーライターに。
韓国文学翻訳院翻訳アカデミー特別課程第10期修了。
第2回「日本語で読みたい韓国の本　翻訳コンクール」にて
本作「宣陵散策」で最優秀賞受賞。

韓国文学ショートショート
きむ ふな セレクション 06
宣陵散策

2019年10月25日　初版第1版発行

〔著者〕チョン・ヨンジュン（鄭容俊）
〔訳者〕藤田麗子
〔監修〕吉川凪
〔編集〕川口恵子
〔ブックデザイン〕鈴木千佳子
〔ＤＴＰ〕山口良二
〔印刷〕大日本印刷株式会社

〔発行人〕　永田金司　金承福
〔発行所〕　株式会社クオン
〒101-0051　東京都千代田区神田神保町1-7-3 三光堂ビル3階
電話 03-5244-5426　FAX 03-5244-5428　URL http://www.cuon.jp/

© Jung Yong-jun & Fujita Reiko 2019. Printed in Japan
ISBN 978-4-904855-90-4 C0097
万一、落丁乱丁のある場合はお取替えいたします。小社までご連絡ください。

Seolleung Walk © 2015, Jung Yong-jun
All rights reserved.
Japanese translation copyright © 2019 by CUON Inc.
The『宣陵散策』is published by arrangement with
Munhakdongne Publishing Group and K-Book Shinkokai

This book is published with the support of
Literature Translation Institute of Korea (LTI Korea).

려봤다. 나도 모르게 아, 소리가 날 정도로, 정말 아팠다.

고. 내가 뭐랬어. 애 다쳤다며. 이거 보면 빨리 전화해.

 전화를 할까 하다가 무슨 말을 해야 할지 몰라 관두기로 했다. 사과를 하기에도 화를 내기에도 뭔가 애매한 상태였다. 실은 미안한 마음도 없고 분노 같은 것도 없었다. 다만 피곤할 뿐. 말하기가 너무나 귀찮을 뿐.

 이상한 하루였다. 분명 내게 일어난 일이지만 그 경험이 실제 같지 않았다. 속은 것도 같고 뭔가에 홀린 것도 같고. 집으로 걸어가면서 한두운 생각을 좀 했다. 어쩌면 그의 삶은 오해되고 왜곡되었는지 모른다. 아니, 우리를 속이고 있는지도 모르지. 솜씨 좋은 작가처럼 거짓을 진짜처럼 혹은 진실을 가짜처럼. 영혼은 편하게 침대에 눕혀놓고 하루 종일 내 손을 잡고 유령처럼 산책하다 집에 돌아간 것일지도 모른다. 아닌가. 하지만 그럴 수도 있지. 모르는 일이니까. 말을 안 하는데 알 수가 있나. 뒷모습으로 남은 얼굴. 아름답게 움직이던 위빙. 오리나무와 자귀나무를 구분할 수 있는 이상한 지식. 오늘 만난 한두운은 도대체 어떤 사람이었나. 정말 권투를 배운 걸까?

 모르겠다. 오른쪽 주먹을 가볍게 쥐고 오른쪽 광대뼈를 툭, 때

나는 주먹을 움켜쥐고 고개를 파묻은 채 입을 꾹 다물었다. 아까부터 계속 전화가 울렸다. 화가 난 우진 형에게서 메시지도 십 분 간격으로 수신됐다. 한두운이 곁으로 다가왔다. 민달팽이처럼 스스스스 움직여 다가왔다. 그림자가 이동하듯 소리도 없이 흔적도 없이. 슥, 왔다. 그의 얼굴이 엉망이었다. 내가 때린 것도 아닌데 내가 때린 것처럼, 보는 것만으로도 숨이 차 쥐고 있는 주먹에 더 힘을 줬다. 주먹 속으로 뭔가가 쑥 들어왔다. 그의 손가락이었다. 따뜻하고 가는 뼈 하나를 쥐고 있는 것 같았다. 손아귀에 힘이 줄어들면서 긴장이 풀렸다. 한두운은 말했다.

파피용.

나는 고개를 들어 그를 바라봤다. 조금 어이가 없어서 헛웃음이 났다. 발음이 너무 좋았던 것이다. 그는 표정 하나 바꾸지 않고 뚫어지게 나를 쳐다보더니 곧 손가락을 빼내고 제자리로 돌아갔다. 둘은 처음에 봤던 그 모습 그대로 떠났다. 여자는 조카의 팔목을 붙잡고 걸었고 한두운은 이상한 스텝으로 한 발 뒤에 서서 삐걱삐걱 걸어갔다.

우진 형에게 온 문자를 읽어봤다.

내가 너 믿고 하루 부탁한 건데 그걸 망쳐? 어려운 것도 아니

떨었다. 눈을 질끈 감고 입술을 달싹였다. 나는 다 알 것 같았다. 그녀가 얼마나 힘든지 왜 이렇게 화가 많이 났는지도 알 것 같았다. 하지만 너무 시끄러웠다. 당신의 조카도 두려워서 저렇게 떨고 있잖아. 나는 말했다. 여자는 의아한 얼굴로 나를 바라봤다. 잘못 들었다는 표정이었다. 다시 말했다.

조용히 좀 해요.

미안하다고 말하고 싶었는데 그렇게 말했다.

정말 머리가 너무 아팠다. 말 한마디 들을 때마다 머릿속에서 창문이 하나씩 깨지는 기분이었다. 손에 묻은 피도 씻고 싶고 옷도 빨리 갈아입고 싶었다. 그녀는 한참 동안 나를 노려보더니 가방에서 핸드폰을 꺼냈다. 등을 돌려 저만치 떨어진 곳으로 걸어가며 누군가와 통화를 했다. 무슨 말을 하는지 알 순 없었지만 증오심 깃든 눈으로 한 번씩 나를 노려봤다. 한두운은 고개를 돌려 물끄러미 나를 봤다. 나도 한두운을 그렇게 봤다. 우리는 잠시 비 오는 날의 송곳니 없는 동물들처럼 눈을 마주하고 가만히 있었다. 아까의 무섭던 눈빛이 아니었다. 선릉과 정릉을 함께 돌아다닐 때의 투명한 눈빛도 아니었다.

었다.

어떻게 된 거예요?

나는 어떻게 설명해야 할지 몰랐다. 그녀는 생각할 틈을 안 주고 곧바로 또 물었다.

보호대는 어디에 있어요?

그러고 보니 가방이 보이지 않았다. 공원에 두고 온 것 같은데. 아니 계속 들고 다녔는데. 왜 없는지 모르겠다는 식으로 횡설수설했다. 말하면서 참담한 기분을 느껴 더 이상 설명하지 않고 입을 꾹 다물고 그냥 가만히 있었다. 미안했다. 아니 억울했다. 화가 났다. 아니 슬픈가. 그녀는 나와 한두운을 노려보며 낮게 중얼거렸다.

제가 그렇게 부탁했잖아요. 다치지 않게 해달라고. 그렇게 부탁했는데.

그녀의 음성이 미세하게 갈라지더니 더는 참을 수 없다는 듯 갑자기 언성을 높이며 소리쳤다.

이게 뭐예요. 이렇게 사는 게 얼마나 힘든지 알아요? 나보고 뭘 어떻게 하라고 이러는 거예요. 왜 다들 나를 괴롭혀요. 이런 내 입장을 생각해본 적 있어요?

그랬다. 나한테 그렇게 말했다. 한두운은 웅크리고 앉아 몸을

고 우리는 잠시 부둥켜안고 바닥에 누워 있었다. 정신이 들었을 땐 경비 아저씨가 랜턴으로 우리의 얼굴을 비추고 있었다.

10

 의욕이 없다. 화가 나야 하는데 화도 나지 않았고, 억울해야 하는데 그런 기분도 들지 않았다. 한두운은 우두커니 나무처럼 서서 반쯤 감긴 눈으로 앞을 바라봤다. 우리는 바쁘게 걷는 사람들 속에서 꼼짝도 않고 서 있었다. 어둠 속에, 가로등 불빛과 맹렬하게 스쳐 지나가는 자동차의 헤드라이트 속에, 사람들의 수다, 카페와 빵집에서 들리는 음악 소리, 시선들과 호기심, 알 수 없는 감정이 깃든 눈동자들 속에서 그저 서 있었다.

 한두운의 보호자는 미안한 얼굴을 하고 아홉시에 나타났다. 열두 시간 동안 무슨 일이 있었는지 모르지만 그녀의 얼굴은 절반쯤 줄어들어 있었다. 어두워서 그렇게 보이는 건가. 아니면 내 눈이 잘못된 걸까. 모르겠다. 나는 그녀가 우리 쪽으로 한 발 다가올 때마다 무의식적으로 조금씩 고개를 숙였다. 그녀는 한두운의 얼굴을 확인하고 곧바로 내게 다가와 성난 음성으로 물다. 방어를 위한 가드가 아니라 앞을 향해 돌진하려는 인파이터의 폼이었다. 긴장이 됐다. 나와 싸우겠다는 뜻인가?

한두운은 한두운을 때리기 시작했다. 그냥 툭툭 치는 게 아니라 상대방을 다운시키겠다는 의지가 실린 정확하고 강한 펀치였다.
펀치 하나, 탁.
펀치 둘, 타닥.
원투스리, 타다닥.

얼굴은 순식간에 엉망이 됐다. 뺨에 붉은 멍이 들고 눈 주위가 부풀어 오르고 광대뼈 근처가 찢어져 출혈이 생겼다. 나는 달려가 팔을 붙잡았다. 하지만 그는 링에 선 복서였다. 나는 상대가 되지 않았다. 몸은 딱딱하고 강인했다. 알밤 같은 근육이 팔과 몸에 못처럼 박혀 있었다. 그는 계속 주먹을 날렸다. 나는 뒤에서 허리를 껴안았다. 그러고는 발을 걸어 넘어뜨렸다. 그리고 두 손으로 얼굴을 잡아 끌어안았다. 그리고 소리를 질렀다. 무슨 말을 했을까. 욕을 한 것도 같고, 화를 낸 것도 같고, 제발 그러지 말라고 빌었던 것도 같다. 어느 순간 한두운은 잠잠해졌

병신 새끼들.

그들은 관목 뒤로 도망가며 계속 소리를 질러댔다. 낄낄거리는 웃음소리와 함께 어둠 속에서 같은 말이 반복해 들렸다. 그 말은 수풀 속에서 허공 속에서 울려 퍼졌고 미끄럼틀과 시소와 나무들과 공원 전체가 그 말을 따라 했다.

한두운은 주저앉아 무릎 속에 얼굴을 파묻었다. 물속에 얼굴을 집어넣고 숨을 참는 사람처럼 그는 잠겨 있었다. 나는 그의 머리카락에 묻은 흙과 오물을 털어내고 어깨를 손바닥으로 문지르며 안정시켰다. 그의 몸은 떨고 있었다. 묘한 떨림이었다. 몸이 떨고 있는 게 아니라 몸속 깊숙한 곳에서 엔진이 작동되고 있는 것 같았다. 잠시 뒤 나는 그것이 심장이라는 것을 알게 됐다. 두근두근 뛰는 게 아니라 고장 난 기계처럼 두두두두 뛰고 있는 것이다. 나는 물속에서 시체를 끄집어 올리는 심정으로 그의 겨드랑이에 손을 껴넣어 들어올리려 했다. 한두운은 두 손으로 나를 밀치며 스스로 일어섰다.

상체를 펴고 우두커니 서서 정면을 바라봤다. 그리고 바닥에 쓰러져 있는 나를 흘낏 쳐다보더니 두 손을 올려 자세를 취했다. 펀치 스피드가 빨랐고 궤적도 정확했다. 제법 폼이 잡혀 있었다. 그는 이를 악다물며 깊숙하게 파고들어 펀치를 날렸다. 하지만 한두운은 아슬아슬하게 그것들을 다 피했다. 정교한 공학으로 설계된 기계처럼 위빙은 완벽에 가까웠다. 춤을 추듯 앞뒤로 빠르게 발을 움직였다. 획획, 어디서 나는지 알 수 없지만 획획, 소리가 났다. 갑자기 소년이 얼어붙듯 멈췄다. 그가 뭔가를 봤고 그가 본 것을 나도 봤다. 한두운이 가드 뒤에 숨어 엄청난 살기를 뿜으며 그를 노려보고 있었다.

소년은 갑자기 몸을 홱 돌려 가자, 라고 말했다. 친구들은 뭔가 석연치 않은 얼굴로 그를 따라갔다. 나는 이 믿을 수 없는 광경에 놀라면서도 섣불리 그에게 접근할 수 없어 곁에 서서 더듬대며 말했다. 괜찮아. 괜찮아. 한두운은 숨을 몰아쉬며 털썩 주저앉았다. 마치 줄이 끊어진 마리오네트 같았다. 그때 어둠 속에서 모래가 날아와 우리의 얼굴을 덮쳤다. 머리카락과 입술, 눈과 셔츠 속에 흙과 자갈이 들어왔다. 얼굴을 감싸고 웅크리고 있는 한두운의 뒤통수로 바나나우유와 콜라가 쏟아졌고 주먹 크기의 돌멩이도 날아왔다. 애들은 얼굴에 침을 뱉듯 강하게 욕설을 내뱉었다.

무슨 일이에요. 왜 그러세요.

저 새끼가 우리한테 침을 뱉잖아요.

나는 말했다. 누구한테 말해야 할지 몰라 앞을 봤다가 오른쪽도 봤다가 고개를 돌려 뒤도 돌아보면서 말했다. 이 친구는 정상이 아니다. 그러니까 이해해달라. 침은 뱉지만 기분이 나빠서는 아니고. 그러니까 습관 같은 건데. 그 순간 한두운이 등 뒤에서 침을 뱉었다. 침은 어깨 너머로 날아가 앞에 서 있는 학생의 나이키 운동화 끈에 떨어졌다. 순간 나이키는 소리를 지르며 나를 옆으로 밀어냈다. 그리고 한두운에게 주먹을 휘둘렀다. 그는 피했다. 놀라거나 초조해하지 않는 가벼운 회피였다. 옆에 있던 퓨마와 리복도 주먹을 날렸는데 그것도 피했다. 그들은 당황하면서도 오오…… 소리를 내며 감탄을 했다. 나중엔 오기가 생기는지 힘을 실어 주먹을 뻗었다. 몇몇 사람들이 이 상황을 봤지만 아무도 도와주거나 개입하지 않았다. 다른 길로 돌아가거나 그저 서서 구경만 했다.

그네를 타고 있던 민머리 소년이 팔짱 낀 팔을 풀고 자리에서 일어났다. 발밑엔 반쯤 피우다 버린 담배꽁초가 수북했다. 그가 자세를 잡자 한두운도 자세를 잡았다. 그는 다른 애들과 달랐

9

 정신을 차리고 보니 한두운이 보이지 않았다. 두운 씨. 두운 씨. 한두운. 야. 야. 주위를 둘러봐도 아무도 없었고 대답도 없었다. 가로등 불이 하나둘 켜지기 시작했고 사물과 풍경을 명확하게 인식할 수 없이 주위가 어둠에 잠기고 있었다. 불안했고 걱정이 됐다. 골목으로 걸어갔을까? 아니면 큰길 쪽으로 갔을까? 아니면 다시 선정릉으로 갔나? 아니면. 아니면. 수많은 가능성 탓에 머리에 쥐가 나려고 했다. 어디에 있든 혼자 있다면 그곳은 위험한 곳이 될 것이다. 나는 정신없이 뛰어다녔다. 그런데 놀이터 쪽에 한 무리의 사람들이 몰려 있는 게 보였다. 순간, 저 한가운데 한두운이 있을 것이라는 직감이 들었다. 동시에 그가 좋지 않은 일에 연루됐을 것이라는 예상도 했다.

 한두운은 그곳에 있었다. 네 명의 청소년들이 그를 둘러싸고 있었는데 딱 봐도 불량스럽고 위험해 보이는 친구들이었다. 나는 그들 틈으로 비집고 들어가 한두운 앞에 서서 사방을 둘러보며 다급하게 말했다.

못하는 상황이었다. 한두운이 갑자기 나무 이름을 말하기 시작했다. 한 번씩 내 쪽을 슬쩍 쳐다보며 눈치를 보는 것으로 볼 때 나 들으라고 말하는 것 같았다. 불쑥 짜증이 났다. 나는 소리쳤다.

조용히 해.

음성에 나 스스로도 놀랄 정도였다. 밑바닥에 분노가 깔려 있었다. 한두운은 바로 입술을 다물었다. 긴장하며 장대처럼 꼿꼿이 서서 어쩔 줄 몰라했다. 나는 수풀의 그늘진 곳을 보며 한번 더 말했다.

시끄럽다고.

다음 말은 겨우 삼켰다. 하지만 뱉으려고 했던 말을 한두운은 들은 것 같다. 그는 고개를 숙이고 발을 땅바닥에 비비며 고장 난 로봇처럼 끼릭끼릭 움직이더니 점점 멀어졌다. 나는 그의 뒷모습을 바라보다 고개를 돌려버렸다. 그에게 어두운 감정을 내비친 나에 대한 희미한 수치심이 마음속에 피어나는 것이 느껴졌다. 따라갈 힘도 없고 그러고 싶지도 않았다. 나는 메고 있던 가방을 바닥에 내팽개치고 바닥에 주저앉았다.

보도블록에 발을 질질 끌었다. 힘과 감정이 발바닥으로 모두 새 나가는 듯 걸을수록 조금씩 무거워지고 동시에 텅 비어가는 기묘한 기분을 느꼈다. 한두운은 엉성한 폼으로 세 걸음쯤 뒤에 서서 뒤따라왔다. 공원에서는 이상한 냄새가 났고 습한 기운이 돌았다. 낮에 벌초한 수풀들에서 나는 냄새였다. 비릿하고 과도한 풀냄새. 짓이겨진 냄새. 숨을 크게 들이쉴 때마다 그 냄새가 코와 목구멍을 불쾌하게 간지럽혔다. 내 기분이 갑자기 달라졌다는 것을 한두운은 감지했다. 계속 곁눈으로 내 눈치를 살폈다. 나는 밑동만 남은 고목에 앉아 생각이란 것을 해보기로 했다. 이건 아니잖아. 무시하는 것도 아니고. 형에게 전화를 걸어 지금의 상황에 대해 말했다. 하지만 그는 대수롭지 않게 답했다. 밤에 급한 일이 없으면 그냥 하라는 식이었다. 그 문제가 아니라고 말하면 그럼 무슨 문제가 있냐고 태연히 물어보길래 끊어버렸다.

긴장이 풀렸다. 아홉 시간 동안 종일 걸어만 다녔다. 이제 날도 어두워지고 더 이상 갈 곳도 없는데 내가 뭘 더 할 수 있단 말인가. 그냥 여섯시에 약속 장소로 가서 한두운을 놓고 가버릴까? 그럴 순 없다는 생각이 곧바로 들었다. 이러지도 저러지도

8

 다섯시 반. 선정릉을 나와 동네를 한 바퀴 돌고 근린공원 앞 편의점 플라스틱 의자에 앉았다. 나는 이온 음료를 마셨고 한두운은 아이스크림을 먹었다. 두운 씨. 우리 이제 헤어지네, 라고 말하려다 말았다. 한두운은 고개를 숙이고 멜론 맛 아이스크림을 혀끝으로 핥고 있었다. 십오 분쯤 앉아 있다가 약속 장소인 7번 출구 쪽으로 갈 생각이었다. 그때 문자메시지가 왔다. 한두운의 보호자였다.

 일이 생겼어요. 세 시간만 더 봐주세요.

 나는 답했다.

 곤란합니다. 밤에는 약속이 있어요.

 오 분이 지났다. 답은 없었다. 전화를 걸었다. 받지 않았다. 삼 분 뒤에 다시 전화를 걸었다. 전화기가 꺼져 있었다. 나는 이 상황이 무엇을 의미하는가 싶어 메시지를 오래도록 바라봤다. 일이 생겼어요. 일이 생겼어요. 그 문장을 두 번쯤 천천히 입말로 중얼거렸다. 뭐야. 이게.

번엔 힘을 실어 스트레이트를 날렸는데 몸을 뒤로 쭉 빼더니 그것도 피하는 것이었다. 눈빛이 진지했고 주먹에서 시선을 떼지 않았다. 마치 주먹과 자신 사이에 필연적인 거리가 존재한다는 듯 예민하게 거리를 유지했다. 나는 장난기가 발동해 계속 펀치를 섞어서 마음대로 날려봤다. 그는 한 대도 맞지 않고 모든 주먹을 피했다. 어떤 시선이 느껴져 뒤를 돌아봤다. 손을 맞잡고 벤치에 앉아 있는 연인이 우리들을 쳐다보고 있었다. 그 눈이 나를 향한 것인지 한두운에게 향한 것인지 둘 모두를 향한 것인지 분간하기 어려웠다. 나는 머쓱한 기분에 주먹을 내리고 고개를 푹 숙였다.

숲속으로 낮이 사라지고 있다. 그늘이 넓어지고 대기가 희뿌옇게 변했다. 한여름 늦은 오후가 이렇게 어두워질 수도 있나. 구름도 바람도 없는데, 태양은 저리도 맹렬한데 왜 숲은 어둡나. 나무에 등을 기대고 서 있는 한두운에게는 그림자가 없다. 윤곽선도 없고 희미한 얼룩 같은 것도 없었다. 곰곰 생각하니 걷는 내내 그림자를 본 기억이 없다. 같은 길을 돌고 또 돌았다. 선릉에서 정릉으로 정릉에서 다시 선릉으로. 한두운은 중력 없이 저항 없이 허공에 한 뼘 떠서 쭉 미끄러지듯 걸었다.

서 우비짜, 우비짜, 했지. 내가 파피용이었고 상대가 우비짜였는데 결과적으로 파피용이 판정으로 졌어. 마지막에 터진 코피가 결정적이었지. 파피용이 프랑스어로 무슨 뜻인지 알아? 나비야. 나비처럼 날아 벌처럼 쏘는 알리를 염두에 둔 응원 같은데. 그게 뭐야. 권투 선수한테 나비라니. 지금 생각해보니 내가 진 건 순전히 응원 탓이야. 나중에 알게 된 사실이었지만 우비짜는 러시아 말로 살인자라더군. 아…… 별명이 그 정도는 되었어야지. 나비가 뭐야. 나비가 살인자를 어떻게 이겨. 그런데 두운 씨 걷는 폼 보니까 그때 생각이 나네.

한두운은 나를 빤히 봤다. 기분 탓일까. 모르겠다. 하지만 분명 그의 얼굴에서 어떤 반응이 비쳤다. 여차하면 놓칠 뻔한 작은 미소가 고요히 떠올랐다 빠르게 사라졌다. 이 생각은 스스로 생각해도 상당한 비약이지만 나는 그가 내 마음을 꿰뚫어 본 다음에 웃은 것이라는 근거 없는 판단을 했다. 응답하는 눈빛이랄까. 그런 생각이 들자 기분이 좀 이상해졌다.

비웃어? 나는 왼손으로 잽을 날렸다. 그는 고개를 살짝 꺾어 피했다. 오른손으로 다시 잽을 날렸다. 그것도 가볍게 피했다. 이

명은 학교를 한 달째 나오지 않았고 또 다른 한 명은 심각한 축농증을 앓고 있었는데 마우스피스를 끼고 코를 쿵쿵거리더니 숨이 안 쉬어진다고 바로 포기하더군. 어쩌겠어. 내가 나갈 수밖에. 내 상대는 러시아어과였어. 딱 봐도 만만해 보이는 약골이었지. 내가 아무리 권투를 못해도 쟤는 이길 수 있겠다 싶었는데 상대도 나랑 비슷한 생각을 했나 봐. 표정에 자신감이 있더군.

순간 언덕에서 강한 바람이 불었다. 우리는 잠깐 걸음을 멈추고 허공을 봤다. 바람이 보였다. 바람이 지나가는 곳으로 나뭇잎과 모래, 이름 모를 날벌레들과 까만 비닐봉지가 함께 날렸다. 투명한 길 하나가 허공 속에 놓인 것 같았다. 한두운은 입을 크게 벌리고 혀를 앞으로 조금 내밀어 바람의 맛을 보고 황홀한 표정을 지었다. 바람이 멎고 우리는 다시 걸었다. 나는 말했다.

팽팽한 경기였어. 팽팽하게 못했지. 수준이 비슷했으니까. 양쪽 다 서로를 다운시킬 정도의 펀치와 힘이 없어서 공이 울릴 때까지 주먹만 휘둘러댄 거야. 한 대 때리면 한 대 맞고. 지금 생각해봐도 끔찍하다. 사실 진짜 경기는 링 밖에서 이루어졌어. 세계 타이틀 매치라도 그 정도는 안 될 거야. 열광적이고 무시무시한 응원전이었지. 서로의 별명을 연호하는 소리가 귀를 아프게 할 정도였으니까. 프랑스에서 파피용, 파피용, 하면, 러시아에 나는 한두운과 나란히 걸었다.

내가 대학에서 프랑스어를 공부했어. 불어 알아요? 봉주르. 사바.

그는 곁눈으로 쳐다볼 뿐 별다른 반응을 보이지 않았다.

암튼 그런 걸 배웠는데. 내가 프랑스어과 대표 권투 선수였어.

나는 자세를 낮추며 포즈를 취해 보였다. 가방 탓에 순간 몸이 휘청거렸다. 그는 살짝 놀란 듯 눈을 동그랗게 떴다.

그게 지금 생각해도 정말 어이가 없는데. 대학 체육대회에서 권투라니. 당시 학생회장이 격투기에 빠져 있어서 밀어붙인 건데 정말 끔찍했어. 눈 뜨곤 볼 수 없는 수준의 경기였거든. 그래도 경기장의 풍경은 멋졌던 것 같아. 응원도 재밌었고. 상상해봐. 러시아, 스페인, 독일, 아랍, 중국, 일본, 프랑스를 대표하는 허약한 선수들이 링에 올라서 싸우는 광경을 말이야. 국기가 휘날리고 정체불명의 어설픈 외국 응원가가 울려퍼졌지. 프랑스어과 대표 선수는 나였어. 권투를 잘해서가 아니고 남자가 나밖에 없기 때문이었지. 원래 외국어과는 남자가 부족한데 프랑스어과는 그중 특히 심했지. 신입생이 나 포함 세 명이었으니까. 선배들은 집행부니 임원이니 이런저런 중책을 맡아 대회 준비 인력으로 빠져나갔고 출전할 남자가 하나도 없었던 거야. 신입생 중 한

단어 하나 말하는 것도 이렇게 낯설다니. 그땐 프랑스, 하면 막연히 멋있었지. 불어를 공부하고 말할 줄 아는 사람이 되면 더 멋있을 것도 같았고. 그게 뭔지 몰라도 남들과는 다른 미래가 열릴 거라고 생각했다. 뭐랄까, 프랑스적인 미래랄까. 에펠탑처럼 예쁘고, 푸른 눈동자를 마주 보며 빵을 자르고, 샹송이 울려퍼지는 거리를 걷는 여유롭고 고급스러운 삶. 아니면 프랑스와 관계된 어떤 삶. 이를테면 프랑스와 무역을 하거나 그 나라 책을 한국어로 번역하는 사람 정도는 될 줄 알았다. 파리 8대학이니 9대학이니 하는 곳에서 공부하는 모습을 상상하기도 했다. 하지만 나는 졸업 후에 영어 학원 강사를 했고 나중에는 초등학생 보습 학원에서 국어와 수학도 가르쳤다. 그 일을 하기 위해 국어 문법과 수학 공식을 다시 공부해야 했다. 그것도 쉽지 않았다. 뭘 해도 나는 함께 일하는 사람들과 갈등이 생겼다. 답답하다. 꽉 막혔다. 이런 말을 늘 들어왔다. 프랑스어를 공부한 사람이 왜 이렇게 유연하지 못하냐고 쓴소리도 많이 들었다. 불어와 유연함의 연관성을 고민하다 보면 어느새 나는 일을 그만둔 뒤였다. 그리고 지금은 보습학원에서 함께 일했던 우진 형의 땜빵으로 일당 구만 원짜리 알바를 하고 있는 것이다.

묻힌 자주색 털모자 같은 것들이었다. 내가 그것을 확인하면 그는 다시 만족스런 표정으로 앞서 걸어갔다.

반시계 방향으로 걷는 사람들은 시계 방향으로 걷는 우리들과 마주쳤다. 산책하는 남자, 조깅하는 여자, 팔짱을 끼고 한 몸처럼 걷는 연인, 제자리에 멈춰 서서 어디로 가야 할지 고민하는 듯한 외국인, 혼잣말을 하며 화내고 우는 정체불명의 노인. 그들을 마주칠 때마다 한두운은 입술을 다물고 긴장했다. 눈을 가늘게 뜨고 상체를 양옆으로 움직였다. 그러다 재빨리 한 걸음 한 걸음 비켜서며 힘겹게 앞으로 나아갔다. 그들과 몸이 닿으면 당장 목숨을 잃게 되는 게임이라도 하는 플레이어처럼 신중했다. 가벼운 스텝, 리드미컬하게 왼쪽 오른쪽으로 유연히 움직이는 상체. 홀로 진지했고 혼자 애쓰고 있었다. 마치 링에 서서 부지런히 발을 움직이며 분투하는 아웃복서 같았다. 나비처럼 날아 벌처럼 쏴야 하는. 나는 무심결에 단어 하나를 입 밖으로 꺼냈다.

파피용.

그는 걸음을 멈추고 잠시 뒤를 돌아봤다. 파피용이라니, 얼마 만에 발음해보는 불어인가. 프랑스어과를 졸업했으면서 간단한

오리나무.

마침 나무에 이름표가 있길래 확인해봤는데 정말이었다. 오리나무였다.

정말이야? 알고 말하는 거야?

그는 내 질문에는 답하지 않고 열 걸음 정도 앞서 걸으며 계속 나무의 이름을 말했다. 화살나무. 자귀나무. 전나무. 그는 나무가 친구라도 되는 듯 편하고 부드럽게 이름을 불렀다. 이게 가능한가? 나는 한두운의 뒤를 따라가며 핸드폰으로 '자폐', '정신지체'라는 단어를 검색했다. 연관 검색어로 나온 '천재 자폐'와 '서번트 신드롬'도 함께 검색했다. 사례가 다양했고 그것과 관련된 지식이 없어 잘 이해할 순 없었지만 어쨌든 가능하단 소리였다. 피아노를 잘 칠 수도 있고, 그림을 잘 그릴 수도 있으며, 암기력이 뛰어날 수도 있었다. 나무 이름을 많이 아는 것은 그것들에 비해 더 대단한 것인가 아닌가. 모르겠지만 어쨌든 그 목소리는 듣기 좋았다. 고저가 거의 없는 단조로운 음성이었는데도 감정이 담겨 있었다. 유리병에 반쯤 담긴 물이 계속 찰랑거리는 소리 같은 반복과 희미함. 그러다 갑자기 말을 멈추고 멈춰 서서 손가락으로 뭔가를 가리키며 내가 봐주기를 원했다. 역시나 특별할 건 없었다. 부러진 안경다리 한쪽, 흙 속에 반쯤 파

7

 한두운의 발걸음이 경쾌하고 빨라졌다. 두리번거리며 주변을 살폈다. 그러다 뭔가를 지시했다. 손가락이 가리킨 것을 보면 별것도 아니었다. 잡은 벌레에 줄을 감고 있는 거미였다. 그것을 시작으로 계속 뭔가를 보여줬다. 나는 그것들이 왜 인상적인지 도무지 알 수 없었다. 버려진 매듭. 돌 위에 올려져 있는 돌. 한쪽이 부서진 이어폰. 깨끗하게 속이 텅 빈 매미의 허물 앞에서는 오랫동안 앉아 있었다. 그는 그것이 정말 신기한 것 같았다. 갑자기 말을 했다.
 매미.
 매미를 매미라고 했을 뿐인데 나는 정말로 놀랐다. 그는 멀뚱히 나를 쳐다보며 고개를 살짝 옆으로 꺾어 일어섰다. 그것도 몰랐냐는 듯 오만한 표정이었다. 한번 말문이 트이자 멈추지 않았다. 녹음된 음성 파일이 재생되듯 그는 일정한 리듬과 운율로 말했다. 시의 한 구절 같기도 했고 멜로디 변화가 없는 노래 같기도 했다. 작게 웅얼거려 정확하게 들을 순 없었지만 나무들의 이름을 말하고 있었다.

한두운을 데리고 장애인 화장실로 들어갔다. 목에 걸린 표식과 헤드기어를 벗겼다. 두 뺨이 빨갰다. 땀띠가 볼에 퍼져 있었고 좁쌀 만한 염증도 있었다. 헤드기어를 손에 들고 잠시 아무것도 못하고 멍하니 서 있었다. 그의 얼굴을 제대로 봤다. 물기 없이 마르고 까만 작은 씨앗 같았다. 머리카락은 군데군데 눌리고 뭉쳤는데 곳곳이 동전 모양으로 하얗게 세어 있었다. 나는 그의 목덜미를 부드럽게 잡고 손우물을 만들어 물을 담아 뺨에 끼얹었다. 물이 닿을 때마다 그는 주먹을 꽉 쥐었다. 두 개의 주먹이 익은 열매처럼 빨갰다. 다 했어요. 다 했어요. 나는 아이를 달래듯 최대한 부드럽게 말했다. 그는 씻는 내내 순응적이었고 아무 소리도 내지 않았다. 세면대에 물을 틀고 흐르는 물에 손을 집어넣고 가만히 있을 뿐이었다. 화장지를 풀어 손수건 크기로 접어 조심스럽게 톡톡 찍어 물기를 닦아냈다. 이마와 목덜미에 눈가루처럼 휴지 조각이 묻었다. 헤드기어의 안쪽을 화장지로 닦아낸 후 이것을 어떻게 할까, 고민하다가 가방에 집어넣고 어깨에 걸쳤다. 더우니까 잠깐만 벗고 있어요. 절대로. 나쁜 짓 하면 안 돼요. 알겠지요? 나는 그의 둥근 이마에 붙은 젖은 머리카락을 어루만지듯 살짝 떼어낸 뒤 그 사이로 손가락을 넣어 가볍게 흔들어줬다.

그리고 애가 불안해하니까 뒤에서 무거운 걸로 눌러주면 안정도 느끼고 여러모로 좋아.

 형은 내 목소리에 스민 의구심을 읽었는지 이 말 저 말로 달래려 했다. 주로 보호자의 고충에 포커스를 맞춘 내용이었다. 그 여자는 한두운의 엄마도 아니고 이모라고 했다. 자기 아들도 아닌데 아들처럼 키운다고 대단한 사람이라고 했다. 우리는 그녀의 마음을 절대로 헤아릴 수 없다는 식의 설명이었다. 나는 말없이 가만히 있었다. 형은 한마디 더 하고 끊었다.

 대충해. 날도 더운데.

 가방을 벗은 한두운은 어깨를 안으로 수그리고 앉았다. 직전까지 장대처럼 꼿꼿하게 몸을 펴고 있던 것과는 다른 자세였다. 들릴락 말락 한 소리로 호흡하다가 한 번씩 길게 숨을 뱉었다. 그가 나를 쳐다보며 아아, 소리를 내며 주먹으로 자신의 얼굴을 툭툭 쳤다. 왜 자꾸 그러는 거야, 라고 말리려는 순간 뭔가 깨달았다. 자해를 하는 것이라면, 화가 난 것이라면, 저렇게 힘없이 아아, 하지 않을 거라고. 악악! 소리 지르며 샌드백 두드리듯 때리겠지.

했다. 그 순간 우진 형에게서 전화가 왔다.

어디야?

선정릉.

하, 역시 너는.

역시 뭐.

아냐. 열심히 한다고. 잘 놀아주는 것 같아 마음이 놓이네.

전화 너머로 침대에서 느긋하게 뒹굴며 담배연기를 내뿜고 있는 듯한 분위기가 느껴졌다. 그 옆에 희미하게 여자 목소리도 들리는 것 같았다.

형. 애 복싱했어?

글쎄. 사모님한테 듣기론 애한테 도움 될까 싶어 안 시켜본 게 없다고 하던데. 정서 안정되라고 검도도 시켰다고 들었거든. 모르지 뭐. 권투도 했을지. 왜? 애가 누굴 때렸어?

아냐. 그런데 사모님이라는 사람 말이야. 애 학대해?

학대라니?

가방 봤어?

아, 그거. 네가 생각하는 그런 거 아냐. 그것도 다 가슴 아픈 사연이 있단다. 밖에서 힘을 많이 빼야 집에 들어가면 바로 잠들거든. 그러면 사모님이 엄청 좋아하셔. 운동이라 생각하면 돼.

다. 나무 배트에 잘 맞은 안타 같은 두 번의 경쾌한 소리가 산책로에 탕탕 울렸다. 그리고 한두운은 다시 자리에 앉았다. 아저씨들은 처음엔 깜짝 놀라 멍하게 한두운을 쳐다봤다. 그리고 보란듯 내게 이빨을 보이며 웃었다.

6

권투했어요?

한두운은 새침한 표정을 하고 앞만 보고 있었다. 우거진 나무 틈으로 햇빛이 들어왔다 말았다 했다.

야, 너는 왜 밥 말고는 다른 말을 안 해?

그는 아랫입술을 쭉 내밀고 눈을 가늘게 뜨며 어깨를 움직였다. 어딘지 불편해 보였다. 자꾸만 어깨끈과 허리끈을 만지작거렸고 아아, 소리를 내며 헤드기어를 주먹으로 톡톡 때려댔다. 허리끈의 플라스틱 버클을 풀고 가방을 벗겨줬다. 가방은 무거웠다. 바닥에 내려놓을 때 진동이 느껴질 정도였다. 지퍼를 열어 안을 확인했다. 물병 세 개. 양장된 책이 일곱 권. 이 킬로그램짜리 분홍색 아령도 한 개 들어 있었다. 책은 옛날식 판형의 한국문학전집이었는데 이름 순서대로 책장에서 빼서 집어넣은 듯 앞에 놓고 벤치에 앉아 책을 읽었다. 정자 아래 아저씨 둘이 마주앉아 장기를 두고 있었는데 우리는 그 옆에 멀찍이 떨어져 앉았다. 종아리가 아팠고 손바닥에 자꾸만 땀이 고여 손을 닦고 싶었다. 나는 주머니에서 뭔가를 꺼내는 척하며 빠르게 손을 빼냈다. 한두운은 자신의 손과 내 손을 번갈아 쳐다본 후 허리를 꼿꼿이 펴고 앉아 앞을 바라봤다. 초(楚) 쪽에 앉은 아저씨가 쥐고 있던 포(包)를 판에 내려놓고 한두운을 쳐다봤다. 한(漢) 쪽에 앉은 아저씨도 양팔을 기둥 뒤로 감은 채 신기한 듯 헤드기어를 봤다. 그러더니 흥미를 보이며 한두운 쪽으로 슬금슬금 다가와 말을 걸었다. 뭐하는 사람이야? 한두운은 눈썹 하나 움직이지 않고 정면만 봤다. 아저씨는 응? 응? 하며 계속 말을 걸었다. 그리고 내 쪽으로 고개를 돌리며 되물었다. 응? 나는 귀찮고 번거로워 낮게 답했다. 그러지 마세요. 아저씨는 갑자기 언성을 높이며 말했다. 내가 뭐? 응? 불쑥 짜증이 치솟았다. 다른 아저씨는 어느새 한두운 앞에 서 있었다. 그리고 진지한 표정으로 손바닥이 위로 보이게 내밀며 말했다. 복싱. 복싱. 외국인에게 말하듯 단어 하나에 발과 팔을 모두 동원했다. 한두운은 스르르 자리에서 일어섰다. 그리고 두 발을 벌리고 자세를 살짝 낮추더니 펀치 두 개를 날렸다. 더할 나위 없이 깔끔한 원투였

어갈 용기가 나지 않았다. 입구에서 한두운의 걸음이 멈췄다. 목줄이 풀린 치와와가 서 있었다. 그는 순식간에 얼굴이 굳어졌고 표정에는 두려움이 보였다. 두 귀가 쫑긋 솟은 개는 이빨을 보이며 짖어댔다. 주인으로 보이는 젊은 여자가 십 미터쯤 떨어진 곳에 서서 형식적인 목소리로 하지 마, 하지 마, 라는 말만 반복했다. 나는 남의 개에게 욕을 할 수도, 발로 찰 수도 없어서 잠시 가만히 있었다. 그는 뒷걸음을 치며 내 뒤로 숨었다. 그가 느끼는 두려움이 어깨와 팔에 흡수되듯 고스란히 전해졌다. 주인이 있는 쪽을 슬쩍 봤다. 여자는 핸드폰에 정신이 팔려 있었다. 나는 빠른 속도로 발을 뻗어 개의 뒷다리를 걷어찼다. 치와와는 킹, 하고 비명을 지르고 등을 돌려 주인에게 돌아갔다. 한두운은 그것이 무척 마음에 들었던 것 같다. 한참 동안 뚫어지게 나를 쳐다보더니 대뜸 내 손을 잡았다.

그는 손을 놓을 생각이 없는 걸까. 빼보려 손을 비틀고 힘을 주면 그쪽에서도 반대 방향으로 손을 비틀고 비슷한 크기의 힘을 줬다. 별수 있나. 잡고 걸어야지. 선정릉 둘레길엔 노인들이 많았다. 국적을 알 수 없는 기이한 패션의 할머니는 펠리컨처럼 양팔을 퍼덕이는 체조를 했고, 잘 차려입은 노신사는 유모차를 밑에 손을 집어넣고 들어 올리는 척하면서 강하게 꼬집었다. 순간 그의 몸이 달팽이 더듬이처럼 위축됐다. 놀란 눈을 하고 잠잠해졌다. 우리는 서둘러 음식점을 빠져나왔다.

배부른 한두운은 다시 소심한 아이였다. 여전히 침을 뱉고 한 번씩 얼굴을 때리기는 했지만 가벼운 수준이었고 이젠 제법 내 뒤를 알아서 잘 따라왔다. 하지만 나는 방금 전의 사태로 인해 정신이 반쯤 나가 있었고 마음속의 여유와 온기가 절반으로 줄어든 상태였다. 한두운은 아무 일도 없었던 것처럼 순진한 표정으로 담벼락의 얼룩에 눈이 팔려 있었다. 그는 어떤 사람일까. 단순하게 생각하려 해도 간단히 정리되지 않았다. 침을 뱉고 식탐을 부리며 소리를 지르는 인격과, 사람들을 피해 몸을 움츠리고 긴장하고 신도를 바라보며 손가락으로 허공에 그림을 그리는 인격은 완전히 다른 존재처럼 느껴졌다.

그에게도 '자아'라고 하는 것이 있을까.

모르겠다. 네 시간 남았다. 어디를 갈까 고민하다가 다시 선정릉으로 향했다. 방금 전의 사태 때문에 사람이 많은 대로로 걸

5

어쩌지?

밥 먹는 한두운을 보며 계속 그 생각만 하는 중이다. 처음엔 옆에 앉아 어떻게든 통제해보려고 했으나 포기하고 말았다. 음식을 뺏거나 포크 든 손을 잡으면 흥분하며 소리를 질렀다. 손으로 돈가스를 통째로 들고 뜯었고 목덜미와 셔츠로 흘러내리는 소스와 국물을 닦아낼 생각은 없어 보였다. 입 속에 음식이 가득 차 있는데도 음식을 집어넣었다. 들어가지 않으니 욱여넣으려 괴성을 질렀다. 그리고 곧바로 구역질을 했다. 나는 통제하는 것을 포기하고 멍하게 지켜만 봤다. 음식점에 있는 사람들이 모두 우리 쪽 테이블만 바라보고 있었다. 처음엔 난감한 얼굴로 부탁을 하던 점원이 냉소적인 태도를 보이며 조용히 시켜달라고 거듭 요청했다. 나는 어쩔 수 없이 그의 손에서 음식을 빼앗고 접시를 치웠다. 한두운은 바닥에 누워 더 크게 소리질렀다. 나는 그 옆에 쪼그리고 앉아 제발 조용히 좀 하라고 거의 울듯 애원했다. 하지만 그는 멈추지 않았다. 어쩔 수 없이 겨드랑이 보이는 걸까? 눈에 보이지 않는 것들이나 죽은 것들 아니면 형상이 없는 것들. 그렇게 생각하고 보니 무덤 주위를 걷는 그의 좀비 같은 움직임이 몽유병 환자의 그것처럼 보였다. 어딘가에 영혼을 두고 텅 빈 육체로 산책하러 나온 꿈꾸는 남자. 깨고 나면 모두 사라질 길과 풍경 속을 휘청휘청 걷는 자의 시적인 하루 같은. 물론 지나친 망상이겠지만.

그나저나 다섯 시간 삼십 분 남았다. 이젠 뭘 해야 할까. 두운 씨. 뭐 할까? 응? 뭐라고? 집에 가고 싶다고? 나도. 집에 가고 싶다 정말. 그 순간 한두운은 고개를 돌려 나를 똑바로 쳐다보고 말했다. 그가 대답할 것이라고는 상상조차 못 했기에 깜짝 놀랐다. 다시 물었다. 뭐라고? 그가 분명하고 또렷한 발음으로 말했다.

밥.

밥?

어이가 없어 웃고 말았다.

그래. 그래. 밥. 생각해보니까 밥을 안 먹었네.

그는 그걸 이제 알았냐는 듯이 인상을 찌푸리며 자리에서 일어났다. 우리는 선정릉 근처에 있는 일식집에 들어갔다.

우진 형은 어디를 갔을까? 무엇을 했고 무슨 이야기를 했을까? 짐작이 되지 않는다. 한두운은 평생 나 같은 사람들을 몇 명이나 만났을까. 그의 토요일과 일요일이 궁금하다. 집에서의 모습과 방의 풍경. 그런 것들을 상상해봤는데 어째서인지 금세 마음이 안 좋아졌다.

 그는 딱딱하게 굳은 몸을 벤치 위에 살짝 걸치고 앉아 희미하게 아아, 소리를 내며 손가락을 미세하게 움직였다. 이따금씩 주먹으로 헤드기어를 툭툭 때리기도 했다. 나는 벤치 끝에 멀찍이 떨어져 앉아 앞을 바라봤다. 내려다보이는 풍경이 그럴듯했다. 완만한 언덕을 뒤덮은 잘 정돈된 잔디가 부드러운 물결이 이는 강물을 연상케 했다. 두운 씨는 무슨 생각 해? 그는 내 말에 전혀 귀 기울이지 않고 고개를 옆으로 비스듬히 기울이고 혼령이 걷는 돌길을 물끄러미 보고 있었다. 마음과 감정을 파악할 수 없는 미지의 표정이었다. 죽은 왕이 걷고 있나요? 농담으로 한 말인데 말하고 나니 소름이 끼쳤다. 그의 시선이 움직이는 물체의 궤적을 좇듯 길을 따라 서서히 움직였기 때문이다. 그는 검지를 들어 허공에 그림을 그렸다. 공중에 물로 그린 그림 같은 투명한 도형이 생겼다가 사라졌다. 그의 눈에는 혹시 그런 것이 그런데 왜 나야?

네가 지금 마땅히 하는 일도 없는 것 같고…… 아닌가?

계속 말해.

그리고 내 주위에 너만큼 우직하고 착한 캐릭터가 없거든.

그 말이 잘 이해되지 않았지만 무슨 말을 더 물어봐야 할지 몰라 잠시 가만히 있었다. 형이 말했다.

그리고 이게 어려운 일은 없는데 아무래도 사람 상대하는 일이라 짜증나는 일이 많아. 애가 좀 특별하잖아. 이상한 놈들한테 맡기면 나쁜 일 많이 당할 거야.

형은 잠깐 생각해보는 눈치더니 계속 말했다.

콜라에 수면제 타서 하루종일 재우는 놈도 있고 집에 데리고 가서 방에 가둬놓고 자기 할 일 하는 놈도 있어. 아예 못 움직이게 줄로 묶어놓고 기저귀를 채우거나 일회용 우산 비닐 커버를 성기에 씌워 눕혀놓는 새끼들도 있다고 들었어. 화장실 데리고 다니는 것도 귀찮다 이거지. 그렇게 방치하고 지 할 일 다 하면서 돈은 돈대로 받고 말이야. 부모들은 모르지. 애가 설명을 못 하는데. 그래서 아무한테나 맡기면 안 돼. 하루만 나를 봐서도 도와줘. 그냥 하루만 같이 있어줘. 어디를 가도 되고 그냥 앉아만 있어도 되는 거고.

4

이틀 전 우진 형에게 문자가 왔다.

토요일 아홉시부터 여섯시. 아이 돌보기. 할래?

뭔데 시급이 만 원이야?

힘든 일은 아닌데 그 정도 받을 만해.

아이 보는 일을 내가 어떻게 해?

보통 아이가 아니야.

설명을 듣고 거절했다. 형은 당황하는 눈치였다. 하루에 구만 원을 벌 수 있는 매력적인 알바라 할지라도 정체불명의 일을 할 순 없었다. 유연함과 융통성이 부족한 나는 어떤 일을 해도 쉽게 적응하지 못했다. 해야 할 일과 하지 말아야 할 일 사이의 변수를 캐치하지 못했고 설명을 들어도 이해가 안 됐다. 하물며 해보지 않은 일, 미심쩍은 일이라니 못할 게 뻔했다. 형은 설득했고 나중엔 간절한 목소리로 부탁했다. 절대로 놓쳐서는 안 되는 주말 알반데 이번 주에 일이 있어 할 수 없는 상황이라 혹 다른 사람에게 이 일이 넘어갈까봐 걱정된다는 것이었다.

이었고 다른 한쪽은 색색의 등산복을 유니폼처럼 맞춰 입은 것으로 미루어 보아 등산 동호회인들처럼 보였다. 나는 한쪽으로 비켜서며 말했다. 두운 씨. 내려와요. 그는 움직이지 않았다. 손목을 잡아끌었지만 신도에서 겨우 어도로 내려왔을 뿐 그 이상은 꼼짝도 안 했다. 도리어 힘을 주고 팔을 비틀어 손을 빼냈다. 사람들은 두 갈래로 나뉘었다. 우리는 그 사이에 끼어 오도 가도 못하고 잠시 서 있어야 했다.

그 시간은 아주 잠깐이었다. 십오 초? 이십 초? 길어도 삼십 초가 넘지 않았을 것이다. 하지만 그 시간은 느리게 지나갔다. 누군가 이 장면에 의도적으로 슬로모션을 건 것처럼 표정과 눈빛, 수군거리는 소리까지 명징하게 감각됐다. 그들은 한 명도 빠짐없이 헤드기어를 쓴 남자의 얼굴을 쳐다봤다. 한두운은 경계선 위에 떠 있는 얇은 막처럼 그 사이에서 희미하게 진동했다. 열 개의 발가락을 안쪽으로 오므려 당기느라 그의 스니커즈 신발 등이 불룩하게 올라왔다.

한두운의 몸이, 꼿꼿이 서 있던 느낌표 같은 몸이, 물음표처럼 구부러졌다.

진달까. 일곱 시간 남았다.

 우리는 돌길을 걸었다. 이것은 참도입니다. 죽은 왕이 이용하는 신도와 살아 있는 왕이 이용하는 어도로 나뉘죠. 나는 팸플릿을 펼쳐 안내문을 읽고 가이드를 하기 시작했다. 왼편은 혼령이 걸어가는 신성한 곳이라 올라가면 안 되고 우리는 오른편으로 걸어야 해요. 아니. 아니. 거기가 아니라 여기라고요. 한두운은 신도 위를 걸었다. 내려와요. 두운 씨. 내려와. 내려오라고. 그는 걸음을 멈추고 삐딱하게 서 있다가 신도 위에 침을 뱉었다. 이해하려 해도 도저히 이해가 안 됐다. 볼 때마다 불편했고 기분이 나빠졌다. 나는 낮은 목소리로 말했다. 침 뱉지 마. 그는 내 눈을 물끄러미 보며 보란 듯 침을 연달아 두 번 뱉었다. 퉤퉤, 하는 그 소리는 창문을 깨는 두 발의 쇠구슬처럼 마음의 안쪽을 강하게 타격했다. 관자놀이를 지나는 맥박이 거세게 뛰었다. 귓가에서 툭툭, 소리가 들릴 정도였다. 나는 말없이 그를 노려봤다. 그는 처음엔 눈길을 받아 마주 쳐다보더니 이내 눈을 피했다.

 그때 두 무리의 사람들이 걸어왔다. 한쪽은 일본인 관광객들으로 걸어갔다. 매표소 직원이 남자의 목에 걸린 표식을 보더니 말없이 고개를 끄덕이며 그냥 들어가라는 신호를 줬다.

한두운은 여기가 마음에 드는 눈치다. 내내 멍하고 밋밋했던 표정에 활기가 생겼다. 성큼성큼 걸어 성종대왕의 무덤이 있는 언덕까지 단숨에 올라갔다. 그는 커다란 봉분이 마치 덩치 큰 초식 공룡이라도 된다는 듯 경이로운 눈으로 바라봤다. 그러다 접근을 금하는 펜스를 훌쩍 넘어 안으로 들어갔다. 나는 펜스 앞에 서서 다급하게 말했다. 들어가면 안 돼요. 두운 씨. 빨리 나와. 나오라고. 그는 듣는 척도 안 하고 무덤 주위를 활보하며 무인석과 문인석 사이를 돌아다녔다. 특히 동물 조각에 관심이 많았다. 손가락으로 톡톡 두드리거나 부드럽게 쓰다듬었다. 석호 앞에서 으르렁거렸고 석양의 이마를 쓰다듬었으며 석마 앞에서는 우물쭈물했다. 올라탈지 말지를 고민하는 것 같았다. 그러다 단정하게 무릎을 꿇고 앉아 말 머리를 밑에서 올려다보며 씩 웃었다. 나는 그의 팔목을 붙잡고 겨우 밖으로 끌고 나왔다. 그게 뭐가 그렇게 좋은지 이해가 되지 않으면서도 한편으론 좋아하니까 나도 좋았다. 어쩐지 일이 잘 풀리고 있다는 느낌을 받았다. 일을 무척 잘하고 있는 것 같은 순조로운 기운이 느껴

큰 건물이 없는 방향으로, 길이 좁아지는 쪽을 향해, 우리는 걸었다. 점차 사람도 줄고 자동차도 보이지 않았다. 동네로 들어갈수록 주위는 고요해졌다. 우리는 그림자가 지는 벽 쪽에 바짝 달라붙어 걸었다. 한두운은 세 걸음쯤 뒤처져 종종걸음으로 뒤따라오며 무엇을 보는지 알 수 없는 애매한 곳에 눈이 팔려 있었다. 그러다 갑자기 걸음을 멈추면 스텝이 꼬여 속도가 줄어든 팽이처럼 양옆으로 흔들리곤 했다. 그게 재미있어 그렇게 몇 번 반복했는데 그때마다 그는 춤을 추듯 흔들렸다. 왜 이러는지 영문을 모르겠다는 표정으로.

두 시간쯤 걸었을까. 아홉시 오십사분. 믿기지 않는군. 삼십분 지났다니.

3

선릉역에 선릉이 있다니. 선릉이 있으니까 선릉역도 있는 것이겠지만 나는 이 사실이 낯설었다. 도시의 비밀 하나를 발견한 것 같았다. 우리는 선릉과 정릉이 함께 있는 선정릉이라는 곳혼을 내서 소리를 지르지 못하게 하는 것도 좋은 방법.

침을 자주 뱉음. 사람들이 절대 이해해주지 않음.
(이것 때문에 몇 번이나 싸울 뻔했음.)

계속 말을 걸어주면 친해질 수 있음.
(혼잣말을 하게 될 것임.)

친해지자. 말을 걸어야 해. 두운 씨, 가고 싶은 데 없어요? 답이 없다. 내 쪽을 보지도 않는다. 민망했지만 계속 말을 걸었다. 나중엔 응답 없는 대상에게 계속 말끝을 올리는 게 이상해서 혼자 말하고 혼자 답했다. 많이 덥죠. 에어컨이 있는 곳으로 가고 싶은데 거기엔 사람이 많으니까 안 되겠죠. 밥은 먹었나요? 나는 아직 안 먹었는데. 나중엔 생각나는 대로 아무 말이나 했다. 평일엔 뭐 해요? 아, 특수학교에 다닌다고 했지. 우진 형과는 뭐 했어요? 잘해줬어요? 근데 좀 이상하죠. 친절한데 약간 귀찮죠. 약간의 변화가 보였다. 그가 몸을 내 쪽으로 돌리고 귀 기울이고 있었다. 그럼 나는 저쪽으로 갑니다. 빠른 걸음으로 걸어갔다. 그는 난처한 듯 우물쭈물대더니 마침내 발을 뗐다.

시선에 담긴 호기심과 의아함, 무슨 상황인지 파악하려고 빤히 쳐다보는 그들의 관심이 부담스럽다. 일단 걸어야 한다. 앞서 걸으면 그가 따라올 것이다, 라고 기대한 것은 아니지만 그래도 앞서 걸어봤다. 그는 꼼짝도 안 했다. 나는 어떻게 해야 할지 몰라 멀뚱히 서 있다가 우진 형이 준 쪽지를 꺼내 펼쳤다.

한두운.

사람들이 없는 곳으로 다닐 것.
공원이나 한적한 동네 골목이나 작은 놀이터 같은 곳도 좋음.
오후에는 동네 어디에도 사람들이 별로 없음.

대소변은 스스로 해결하지만 밥을 먹을 땐 옆에서 도와줘야 함.
식탐이 많음.

가끔 소리를 지르거나 도로변에 드러눕는 경우가 있음.
그럴 땐 달래거나 말을 걸지 말고 무조건 완력으로 일으켜세워야 함.

에 탔다.

2

 여자는 가고 남자와 나는 남았다. 사람들 없는 곳으로 돌아다녀. 형의 말이 떠올랐다. 어딘가로 가야 한다. 그런데 이 친구를 어떻게 움직이지? 그는 내 쪽으로 눈길 한번 주지 않고 다섯 걸음 정도 뒤에 서서 몸을 꼬아댔다. 발끝으로 계속 바닥을 두드리며 패턴을 파악하기 힘든 복잡한 형태로 머리를 움직였다. 가늘게 찢어진 쌍꺼풀 없는 눈. 입은 조그맣고 윗입술이 약간 말려 올라갔다. 목까지 단추를 채운 초록빛이 도는 체크무늬 반팔 셔츠와 베이지색 칠부 팬츠. 네이비블루 스니커즈. 복숭아뼈 밑으로 라인이 내려간 발목양말까지 나무랄 데 없는 깔끔한 패션이었다. 한눈에 봐도 극진한 보살핌을 받고 있다는 것을 알 수 있었다. 하지만 머리에 쓴 헤드기어와 무거워 보이는 보라색 백팩은 아무리 봐도 이상했다.

 시각은 아홉시 십오분. 남은 시간 여덟 시간 사십오 분. 행인들이 손그늘로 얼굴을 가리며 걷다 한 번씩 우리를 쳐다본다.

림으로 두 번 접어 핸드백에 집어넣고 말했다.

말씀드렸던 것처럼 여섯시까지 돌봐주시면 됩니다. 노파심에 한 가지만 부탁드리면 다치지 않도록 해주세요. 가끔 자해를 하는 아이입니다.

그녀는 남자의 뒤통수를 쓰다듬었다. 저게 문제의 헤드기어 군. 막상 눈으로 확인하니 꽤 당황스런 모습이었다. 한여름 서울 시내 한복판에서 헤드기어를 쓴 남자와 하루종일 돌아다니는 그림이 쉽게 그려지지 않았던 것이다.

그리고 밥이랑 간식은 이걸로.

여자는 내 손바닥에 체크카드 한 장을 올렸다. 그때, 남자가 바닥에 침을 뱉었다. 조용히 뱉은 것도 아니고 일부러 소리 내 세게 뱉어야만 가능한 퉤, 소리가 났다. 여자와 나 사이에 정적이 흘렀다. 그녀는 동요 없이 오른쪽에 메고 있던 핸드백을 왼쪽으로 고쳐 메며 말했다.

우진 씨에게 들으셨죠? 애가 침을 뱉어요. 다른 뜻은 없고 그냥 습관 같은 거예요.

여자는 무슨 말을 더 하려다 손목을 꺾어 시간을 확인했다. 미간 사이 가늘고 긴 주름이 한 줄 잡혔다. 바빠 보였다. 그녀는 부탁한다는 짧은 인사와 함께 남자의 등을 두 번 두드리고 차

1

 은색 세단이 약속 장소인 선릉역 근처 카페에 도착한 시각은 오전 아홉시였다. 아홉시에 만나기로 했는데 일 분의 오차도 없었다. 정확하군. 그게 그들을 본 내 첫인상이었다. 뭔가 분명하고 단호하고 에누리 없는 하루가 될 것 같은 예감도 함께 들었다. 흰색 블라우스에 남색 스커트를 입은 중년의 여자가 꼬챙이처럼 가늘고 긴 남자의 팔목을 붙잡고 뒷좌석에서 내렸다. 불안정한 자세로 서서 열한시 방향으로 시선을 고정하고 있는 남자는 나보다 한 뼘 정도 키가 컸고 몸무게는 육십 킬로그램도 나가지 않을 것 같았다. 스무 살이라고 알고 있었지만 얼굴만 놓고 보면 나이가 가늠되지 않았다. 무구한 표정은 기형적으로 몸만 빨리 자란 어린이의 것이었지만 그을린 팔뚝에 붙은 잔 근육이나 새 부리처럼 툭 튀어나온 목의 울대뼈, 푹 꺼진 뺨과 눈가의 주름들로 봐서는 내 또래였다. 여자는 이력서를 꼼꼼히 읽어보더니 고개를 가볍게 두어 번 끄덕거렸다. 그리고 깔끔한 손놀

선릉 산책